Hans Ernst
Der verlorene Hof

Hans Ernst

Der verlorene Hof

Roman

rosenheimer

Besuchen Sie uns im Internet:
www.rosenheimer.com

6., überarbeitete Auflage
© 2005 Rosenheimer Verlagshaus GmbH & Co. KG,
Rosenheim
Titel der Originalausgabe: »Martha Kainz«

Bearbeitung, Lektorat und Satz: Pro libris Verlagsdienst-
leistungen, Villingen-Schwenningen
Titelfoto: Ernst Wrba, Sulzbach
Druck und Bindung: GGP Media, Pößneck
Printed in Germany

ISBN 3-475-53562-9

1

Als Severin Lienhart den Weg vom Bahnhof zum Dorf Bernbichl beschritt, läutete auf dem Sattelturm der Kirche die Elfuhrglocke. Es war ein warmer Tag, Mitte des Monats Juni. Die Sonne strahlte aus einem wolkenlosen Himmel und das schöne Wetter ließ vermuten, dass eine gute Heuernte eingebracht werden konnte.

Severin hatte seine Joppe abgenommen und über den Arm gehängt. Dennoch lief ihm der Schweiß übers Gesicht, obwohl der Weg vom Bahnhof bis zum Dorf kaum eine Viertelstunde ausmachte. Er war ein noch junger Mann, bestimmt noch keine dreißig Jahre alt, groß und schlank, aber erschreckend mager.

Auch in anderer Hinsicht wirkte er nicht gesund und glücklich: Die Augen lagen tief in den Höhlen, und um den schmalen Mund lag ein Zug von Bitterkeit.

Nun blieb der Wanderer stehen, nahm den Hut ab und fuhr sich mit dem Handrücken über die Stirn. Das blonde, wellige Haar war naß von Schweiß. ›Ich bin zu rasch gegangen‹, dachte er, und schämte sich seiner Kraftlosigkeit, denn schließlich war er ja früher nie schwächlich gewesen. Doch im Moment kam er sich vor wie ein armseliges Wrack. Wahrhaftig, er musste sich jetzt ein wenig hinsetzen, um am Rande des Weges auszuruhen.

Mädchen mit weißen Kopftüchern und braun gebrannten Gesichtern gingen an ihm vorüber und hielten ihn wohl für einen Landstreicher, denn er hatte keinerlei Gepäck bei sich. Und was für ein hochmütiger Landstreicher, denn er reagierte auf keinen der lachenden Blicke, sondern schaute nur mit müden, glanzlosen Augen hinter ihnen her und dachte: ›Das ist das Leben, das sprühende, brausende Leben, auf das noch kein Schatten gefallen ist.‹

Da kam ein halbwüchsiger Bub vorbei. Ihn fragte Severin nach dem Eggstätterhof. Die Antwort, die er erhielt, war ausführlich und genau: »Ja, da musst du jetzt geradeaus bis zur Kirche, dann beim Brandner rechts um die Ecke, links über die Bachbrücke, dann den Hügel hinauf und wieder ein kleines Stück nach rechts, und dann siehst du ihn schon rechter Hand liegen, den Eggstätterhof.«

»Danke«, sagte Severin und konnte sich eines Lächelns über den Eifer des Jungen nicht enthalten. So ausführlich hatte er die Wegbeschreibung nun auch wieder nicht gebraucht. Er stand auf, streifte ein paar Grashalme von seinem Ärmel und machte sich auf den Weg.

Er bog also gemäß der Beschreibung rechts bei der Kirche ab, überquerte die Brücke über den Bach, in deren Mitte ein steinerner Heiliger thronte, und dann sah er schon, kaum zweihundert Schritte vor sich auf einer Anhöhe den Eggstätterhof mit seinen weißen Mauern und dem dunklen Gebälk.

Im Hof machte sich gerade ein junger Bursche mit einem Werkzeugkasten neben sich an der Mähmaschine zu schaffen. Den fragte Severin, ob er hier richtig sei beim Eggstätter.

»Ja, ist schon richtig. Der Vater ist drinnen. Aber wir brauchen keinen Arbeiter«, sagte der Bursche.

»Ich habe auch gar nicht die Absicht, hier zu arbeiten«, antwortete Severin. »Sind Sie der Sohn?«

»Ja, der bin ich«, gab der Gefragte zu und schaute jetzt den Fremden ein wenig genauer an. Er konnte sich wohl keinen Reim darauf machen, wer dieser sein könnte, doch er schien nicht über die Maßen neugierig darauf zu sein, es zu erfahren, denn schließlich wandte er sich von dem Fremden ab und wieder der geöffneten Motorhaube des Mähdreschers zu.

Severin sah sich im Hof um. Wahrhaftig, ein schöner Besitz. Aus jedem Winkel schien die ruhige Behaglichkeit eines gesicherten Wohlstandes zu strömen. Über der Haustür war ein Wappen in die Mauer eingelassen, das sehr alt aussah und die Jahreszahl 1765 trug; darunter stand an die weiße Wand gemalt: »Renoviert im Jahre 1980 von Andreas und Magdalena Birkner.«

Ganz richtig, Birkner hieß der Bauer, zu dem Ralph Kirchhoff ihn geschickt hatte, Eggstätter war nur der Hofname.

Severin klopfte an die Tür, hinter der er Stimmen vernahm. Da niemand »Herein« sagte – vielleicht hatte man sein Klopfen auch gar nicht gehört – trat er ein. Die Leute des Hofes saßen um den großen viereckigen Tisch und warteten auf das Mittagessen.

»Verzeihung, wenn ich störe. Ich möchte den Eggstätter sprechen.« Ein Mann in der Mitte des Tisches, offenbar der Bauer, stand auf und richtete seine Augen auf den Fremden.

»Ich bin der Eggstätter. Was wünschen Sie?«

»Arbeiter brauchen wir im Moment nicht«, ließ sich schnippisch eine weibliche Stimme am Tisch vernehmen.

›Schon zweimal der gleiche Satz‹, dachte Severin. Der Bauer aber wandte langsam den Kopf.

»Halt den Mund, Barbara. Das sieht man doch, dass der Herr keine Arbeit sucht.«

Das Mädchen bekam einen roten Kopf, zumal sie den Blick des Fremden auf sich ruhen fühlte. ›Hübsch ist sie‹, dachte Severin.

»Was will der Herr?«, fragte der Bauer, und Severin wurde aus seinen Betrachtungen gerissen.

»Herr Kirchhoff verwies mich an Sie. Hier würde ich den Schlüssel zu seinem Jagdhaus ausgehändigt bekommen.«

Wieder hefteten sich die grauen Augen des Bauern auf ihn. Dann nickte er. »Das ist richtig. Aber nehmen Sie zuerst einmal Platz. Sie werden hungrig und müde sein.«

Im selben Augenblick trug die Bäuerin die dampfende Schüssel auf, und der Bursche, den er vorhin angesprochen hatte, folgte ihr auf dem Fuße.

»Richte für den Herrn dort auch was zum Essen her«, sagte der Bauer und deutete mit dem Daumen auf Severin, der an dem kleinen Tisch neben dem Kachelofen Platz genommen hatte. »Der Kirchhoff hat ihn geschickt.«

Die Eggstätterin mochte gut ihre zwei Zentner wiegen, während der Bauer schlank und hager war. Als sie hörte, dass der Fremde von Kirchhoff kam, fing sie sofort an, eine Menge Fragen zu stellen: Ob der Herr Kirchhoff auch noch kommen werde, wie es der Frau Kirchhoff gehe und ob der Sohn schon geheiratet habe, den sie schon gekannt habe, als er noch ein ganz kleiner Bub war.

Severin gab Antwort, soweit es in seinen Kräften stand, und er war bereit, ihr so lange Rede und Antwort zu stehen, bis sie zufrieden war, aber da sagte der Bauer: »Bring ihm was zu essen! Von deiner Fragerei wird er nicht satt.«

Nach dem Essen setzte sich der Bauer zu Severin an das kleine Tischchen. »Es wird am besten sein, wenn ich gleich selbst mit hinaufgehe. Ich habe sowieso etwas nachzuschauen droben in meinem Wald, und es ist kein großer Umweg zum Jagdhaus Ludwigsruh.«

Severin langte in seine Rocktasche und zog einen Brief hervor. »Diesen Brief hat mir der Herr Kirchhoff für seinen Jäger mitgegeben. Wie kann ich den Mann am besten erreichen?«

»Unter der Woche sehr schwer, weil er sich dann die meiste Zeit am Berg aufhält. Aber am Samstagabend kommt er normalerweise immer ins Dorf zu seiner Mutter. Lassen Sie den Brief einfach bei mir, ich sorge dafür, dass der Anderl ihn am Samstag bekommt.«

»Vielen Dank, Herr Eggstätter.« Severin lehnte sich zurück, zündete sich eine Zigarette an und schaute zum Fenster hin, wo soeben die Leute des Hofes vorübergingen. Große und starke Gestalten waren es.

Der Bauer sprach wieder. »Was ich noch fragen wollte, Gepäck haben Sie keins dabei?«

»Doch, doch, natürlich habe ich Gepäck. Es lagert noch drunten am Bahnhof. Könnten Sie es vielleicht abholen lassen?«

»Morgen früh muss der Lukas ohnehin ins Dorf«, meinte der Eggstätter. »Es hat doch Zeit bis morgen?«

»Ohne weiteres. Es eilt gar nicht«, antwortete Severin.

Kurze Zeit darauf wanderten beide bergwärts. Ein leichter Wind bewegte das grüne Wipfelmeer des Bergwaldes, zwischen dem sich zuweilen die helle Fläche eines Almfeldes abhob.

Der Bauer deutete mit ausgestreckten Hand in südwestlicher Richtung. »Sehen Sie den hellen Fleck dort oben? Das ist meine Alm. An die vierzig Stück Vieh habe ich da droben.«

»Und wer bewirtschaftet sie?«

»Die Johanna.«

Er erklärte nicht weiter, wer Johanna war, doch sie würde wohl eine seiner Mitarbeiterinnen sein. Severin sah keinen Grund, um eine nähere Erklärung zu bitten, und wollte statt dessen lieber die Namen der Berggipfel wissen. Der Bauer erklärte sie ihm, soweit sie sichtbar waren, kam aber dann bei der nächsten Gelegenheit sofort wieder auf seine Alm zu sprechen.

Dabei schritt er rasch aus, so dass Severin, der das Bergsteigen nicht gewohnt war, ihm kaum folgen konnte. Unwillkürlich blieb er stehen und presste die Hand gegen das Herz.

»Gehe ich Ihnen zu schnell?«, fragte der Eggstätter.

»Ja, entschuldigen Sie bitte, aber ich bin noch nicht ganz auf der Höhe und sollte ein bisschen langsamer gehen. Ich bin vorgestern erst aus dem Krankenhaus gekommen.«

»Ach so. Na, ich hatte mir schon gedacht, dass Sie krank gewesen sein müssen. Sie sehen überhaupt nicht gut aus. Na – die Luft und die Ruhe da droben im Jagdhaus, die werden Ihnen sicher gut tun.«

»Ja, Ruhe ist genau das, was ich im Moment am nötigsten brauche. Ich freue mich darauf, hier eine Weile bleiben zu können. Wie nennt sich die Graskuppe da drüben mit der Kapelle?«

»Das ist der Osterberg«, erklärte der Eggstätter. »Am Sankt-Georgs-Tag kommen die Leute von weither zur Wallfahrt auf den Osterberg.«

»Und der Hof links davon?«

»Das ist der Margaretenhof gewesen.«

»Wieso gewesen?«

»Ja, es haust schon seit ein paar Jahren niemand mehr dort, und allmählich fällt er ganz zusammen. Im letzten Winter hat es auf der einen Seite das Dach eingedrückt. Sein ursprünglicher Besitzer, der Kainz, hat den Hof verkauft und ist dann in die Stadt gezogen. Das hat ihm wohl kein Glück gebracht, er ist vor ein paar Jahren völlig mittellos gestorben. Seine einzige Tochter ist dann zurückgekommen und arbeitet jetzt bei mir, es ist die Johanna, von der ich vorhin erzählt habe, dass sie auf meiner Alm ist. Der Hof hat seit damals einige Male den Besitzer gewechselt, aber es war, als ob er das Unglück anziehe, keiner der Besitzer konnte sich länger als zwei oder drei Jahre dort halten. Jetzt ist er schon ein paar Jahre lang ganz unbewohnt, nur die Felder sind verpachtet.«

Severin schaute sich noch ein wenig um, dann gingen sie weiter und erreichten schon nach knapp zehn Minuten das Jagdhaus.

11

Wie ein kleines Märchenschloss lag dieses einstöckige Haus eingebettet in einen Ring großer Buchen mit weit ausladenden Ästen. Direkt an den Hang gebaut, hatte es nach vorne heraus eine große, sauber angelegte Terrasse, die mit Tuffsteinen belegt war. Ganz still war es ringsum. Die braunen Fensterläden waren geschlossen. Hinter dem Haus zog sich der Hochwald empor. Aus dem Wald wehte ein starker Harzgeruch herunter, und manchmal hörte man den Schrei eines Habichts.

Mittlerweile hatte der Eggstätter das Haus aufgeschlossen und die verschiedenen Türen des Untergeschosses geöffnet. Oben, sagte er, seien die Gästezimmer, aber es sei wohl nicht nötig, sie ebenfalls aufzuschließen, solange er nur allein hier wohnen wolle.

Die Küche und die anstoßende Wohnstube waren im Bauernstil gehalten. In der Küche führte eine steinerne Treppe in den Keller hinunter, in dem Konserven gelagert waren. Auf der anderen Seite des Ganges war ein Jagdzimmer, an dessen hellen Wänden Hirsch- und Rehgeweihe hingen. Daran anstoßend befand sich ein kleineres Schlafzimmer mit zwei Betten.

»Hier könnten Sie schlafen«, meinte der Eggstätter. »Ich kann Ihnen aber auch droben noch die Zimmer zeigen , falls es Ihnen dort vielleicht besser gefallen sollte.«

»Nein, bemühen Sie sich nicht, lieber Herr Eggstätter«, antwortete Severin abwesend. Er war wie benommen von dem Gedanken, dass er nun hier wohnen würde, fern von allem Lärm und Hader der Welt.

»Und wie wollen Sie es denn sonst halten?«

»Was meinen Sie?«

»Ich meine, mit dem Essen und so. Von dem, was da drunten im Keller lagert, können Sie ja allein auch nicht leben. Einmal am Tag wenigstens müssten Sie etwas Warmes haben.«

»Ach so, richtig, ja. Daran hatte ich noch gar nicht gedacht. Ich werde wohl mein eigener Küchenmeister sein müssen. Oder wie wird es denn sonst immer gehalten, wenn Herr Kirchhoff da ist?«

»Meistens ist die ganze Familie gekommen und hat sich dann selbst versorgt. Wenn der alte Herr allein da war, haben wir ihm das Mittagessen heraufgeschickt.«

»Wenn es möglich ist, möchte ich es natürlich auch gerne so halten. Aber ich möchte Ihnen keine Umstände bereiten. Ich kann notfalls ja auch ins Gasthaus hinuntergehen.«

Der Eggstätter überlegte kurz.

»Im Augenblick ist es zwar ein bisschen umständlich, weil wir mitten in der Heuernte sind. Aber es wird sich schon machen lassen.« Er griff nach seinem Hut und wandte sich zum Gehen. »Verstehen kann ich das aber nicht, was ein junger Mensch wie Sie hier so ganz alleine anfangen will.«

»Gerade das ist es, was ich im Moment brauche, Ruhe und Einsamkeit.«

»Na ja, mir kann es gleich sein. Mein Geschmack wäre es jedenfalls nicht.«

Severin begleitete den Bauern bis zum Weg hinaus, schloss das Gartentürchen und ging dann zwischen den hohen Bäumen durch das ganze Grundstück, das bis weit hinauf eingezäunt war, und sah sich um. Schließlich setzte er sich zwischen die Wurzeln einer mächtigen Buche, lehnte den Kopf an den silbergrauen Stamm und verschränkte die Hände über der Brust. Er schloss die Augen und ließ die Bilder der letzten Wochen und Monate an sich vorüberziehen.

Venedig mit seinen herrlichen Bauten sah er im Geiste vor sich, und Rom mit den unsterblichen Denkmälern eines Michelangelo und vor allem den Zeugnissen der Antike, vor denen ihm sein eigenes Schaffen als Bildhauer nicht mehr als Dilettantismus zu sein schien. Und doch hatte auch er schon einen beachtlichen Namen, trotz seiner Jugend. Ein Brunnen, den er im Auftrag einer Stadt im Rheinland gestaltet hatte, war sehr gelobt worden und hatte ihm nicht nur eine Menge Selbstvertrauen, sondern auch die materielle Grundlage gegeben für die Reise nach dem Süden.

Zwar hatte er die berühmten Bildwerke alle schon aus Abbildungen gekannt, doch was für ein Unterschied, sie aus nächster Nähe zu sehen! Viele Stunden hatte er jeden Tag in den Museen vor diesen verbracht und die Schönheit und Genauigkeit der Ausführung bewundert. Das waren Vorbilder, denen nachzueifern sich lohnen würde!

Die Zeit verging wie im Flug, und schließlich musste er an die Heimreise denken. Eine einzige kleine Zeitungsnotiz hatte ihn dann jäh aus der Bahn geworfen. Es war ein reiner Zufall gewesen, dass er in Rom, bevor er seine Heimfahrt antrat, noch eine deutsche Zeitung gekauft hatte, um während der langen Fahrt eine Lektüre zu haben. Und wie es einem manchmal ergehen kann, sein Blick fiel sogleich auf die kleine Rubrik, die Familiennachrichten enthielt. Und da stand schwarz auf weiß, dass sich der bekannte Bankier Lienhart mit der Tochter des Industriellen Nabenburg, Silvia Nabenburg, verheiratet habe.

Silvia, die Frau, die er liebte, hatte seinen Bruder geheiratet! Severin konnte es nicht fassen. Er las die Notiz wieder und wieder, als müsse sich beim Wiederlesen irgendwann ergeben, dass etwas ganz anderes darin stand und das, was er zunächst gelesen hatte, nur ein Irrtum gewesen war. Schließlich musste er aber akzeptieren, dass es wohl wirklich so geschehen war.

Er verließ den Zug in Innsbruck. Was wollte er unter diesen Umständen zu Hause?

Mehrere Wochen war er anschließend in Innsbruck geblieben, ohne sich zu irgendeinem Entschluss oder einer Tätigkeit aufraffen zu können. Er trank zuviel und aß kaum etwas und kam durch seine Gleichgültigkeit gegen sich selbst rasch ziemlich herunter.

Mit einer doppelseitigen Lungenentzündung wurde er in Innsbruck schließlich ins Krankenhaus eingeliefert. Die Ärzte schüttelten die Köpfe. Die Lungenentzündung konnte man zwar behandeln, doch dieser junge Mann schien überhaupt keinen Lebenswillen mehr zu haben. Was mochte der Grund dafür sein? Eine Benachrichtigung seiner Familie über seinen Zustand hatte er sich aufs schärfste verbeten, also musste man annehmen, dass die Ursache in diesem Bereich zu suchen war.

Doch die sorgfältige Pflege siegte trotz allem über die Krankheit, und schließlich nahte der Tag, an dem er aus dem Krankenhaus entlassen werden sollte.

Severin stellte sich die Frage, wie es nun mit ihm weitergehen sollte. Sterben würde er offensichtlich nicht. Aber seine früheren Zukunftspläne hatten sich in einen Scherbenhaufen verwandelt, denn Silvia hatte in diesen eine zentrale Rolle gespielt.

Wie sehr er auch sein Gedächtnis wieder und wieder nach Hinweisen durchforschte, die ihm Silvias Verrat hätten ankündigen müssen, er konnte keine erkennen. Bevor er seine Reise angetreten hatte, war nicht das kleinste Anzeichen dafür da gewesen, dass sie einen solchen Treuebruch plante. Allerdings, sie hatte ihn leichten Herzens nach Italien reisen lassen. Er hatte es als Zeichen ihres Vertrauens betrachtet. Vielleicht aber war es deshalb geschehen, weil ihr Verrat bereits eine abgemachte Sache gewesen war? War seine Abreise ihr sogar ganz gelegen gekommen?

Die Fahrt in seine Heimatstadt hatte ihn Überwindung gekostet. Mit zusammengebissenen Zähnen war er dann an dem väterlichen Bankhaus vorübergegangen, das nach dem Tode des Vaters sein Bruder übernommen hatte. Er dachte, dass vielleicht Silvia oben an einem Fenster des zweiten Stockwerkes stehen und ihn sehen würde. Oder war sie gar nicht in den Stadt, sondern draußen auf dem Landsitz, auf dem auch seine Mutter lebte?

Ja, ja, da konnten sie dann allabendlich im Familienkreis zusammensitzen und über ihn, den verlorenen Sohn, spötteln, der sich nicht in die starren Formen eines Berufslebens, in dem es nichts als Zahlen und wieder Zahlen gab, hineinzwängen lassen wollte, auch wenn das zum Bruch mit seiner Familie führen sollte.

Severin dachte an die letzte Unterredung, die sein Vater mit ihm geführt hatte. »Es ist dein Leben«, hatte er gesagt. »Du kannst es führen, wie du möchtest. Aber von nun an ohne mich. Deine Spielerei mit Gips und Ton hat mich bereits genug gekostet, nun sieh zu, wie du alleine durchkommst.«

Sein Kunststudium war damals schon einige Zeit lang abgeschlossen gewesen. Es traf natürlich zu, dass er der Familie lange auf der Tasche gelegen war und kaum Einnahmen vorzuweisen hatte. Doch konnte man erwarten, dass ein Künstler direkt nach dem Studium schon Geld verdiente?

Damals, vor drei Jahren, hatte er Silvia schon gekannt; ihre Familie gehörte zum Bekanntenkreis seiner Eltern. Dass sie einander liebten, das hatten nur wenige mitbekommen. Nach dem Bruch mit seinem Elternhaus verkehrte er in diesen Kreisen nicht mehr. Er zog in eine kleine Altbauwohnung und beteiligte sich an einer Ateliergemeinschaft einiger junger Künstler, die, so wie er selbst, nur wenig Geld zur Verfügung hatten, und ihre Ausgaben mehr durch Aushilfsarbeiten als durch den Verkauf ihrer Kunstwerke bestritten. Er selbst konnte immerhin gelegentlich mit heimlichen Zuwendungen seiner Mutter rechnen, so dass es ihm, insgesamt gesehen, nicht schlecht ging.

Silvia war er bei einer Ausstellungseröffnung wiederbegegnet, bei der auch zwei kleinere Werke von seiner Hand ausgestellt worden waren. Ja, allmählich konnte Severin erste Erfolge als Künstler vorweisen! In der Zeitung war sein Name erwähnt worden; der Rezensent hatte ihm beachtliches Talent bescheinigt und eine große Zukunft vorhergesagt. Der Auftrag, einen Brunnen zu gestalten, war sein bisher größter Erfolg gewesen.

Nur wenige hatten von ihm und Silvia gewusst; einer davon war Ralph Kirchhoff, der einzige Freund aus alten Tagen, der nach dem Bruch mit dem Elternhaus noch zu ihm gehalten hatte. Ob Silvia von Anfang an ein doppeltes Spiel mit ihm getrieben und deshalb so viel Wert auf Diskretion gelegt hatte?

Damals hatte er sich nichts dabei gedacht, denn ihre Eltern wären entsetzt darüber gewesen, dass sie sich mit einem mittellosen Künstler eingelassen hatte – auch wenn dieser ursprünglich aus denselben Kreisen stammte –, so wie seine eigenen Eltern entsetzt darüber gewesen waren, dass er sich mit so brotlosen Dingen befasste.

Verständlich, dass sie sich ihren Vorwürfen nicht aussetzen wollte! »Warten wir noch ein bisschen«, hatte sie kurz vor seiner Italienreise gemeint. »Nicht mehr lange, und niemand kann dich mehr als Hungerleider bezeichnen, ohne sich lächerlich zu machen.«

Rückblickend fragte er sich, ob er nicht zu naiv gewesen war.

Severin seufzte. Was für einen Sinn hatte es, jetzt noch an diese Dinge zu rühren? Er hatte sich wieder einigermaßen gefangen und war bereit, sein Leben neu zu ordnen. Wie und auf welche Art, das musste sich erst herausstellen. Vorerst war er einmal hier. Am Abend dieses Tages schrieb Severin noch einen Brief an seinen Freund.

»*Mein lieber Ralph!*

Wie soll ich deinem Vater danken für sein Einverständnis dafür, mich hier wohnen zu lassen? Hier müsste wahrlich ein Toter noch mal zum Leben erwachen können, bei dieser Luft, und in dieser schönen, friedlichen Landschaft. Mir ist, als spürte ich jetzt schon etwas von der urtümlichen Kraft dieses Waldes in mir selbst. Ja, ich fühle es, lieber Ralph; ich werde wieder gesund und stark werden.

Heute bin ich lange draußen auf der Terrasse gelegen und habe das Bild dieser Landschaft in mich aufgenommen. Himmel und Berge stoßen hier aneinander, als wären sie eins. Hier ist das Gegenwärtige so eindrucksvoll, dass alle Erinnerungen klein werden. Schon jetzt fühle ich, dass ich mich von dem zu lösen beginne, das mich so lange gequält hat, und ich denke nur mehr wie im Traum an meine Gefühle für Silvia.

Aber nun Schluss mit diesem Thema. Ich will nun wieder beginnen an das Leben zu glauben und – an mich selbst. Ja, ich fühle, dass ich hier wieder Kunstwerke schaffen könnte! Aber vorher will ich erst mal ein paar Wochen faulenzen. Im Übrigen hast du mir ja bei unserem letzten Gespräch versprochen, demnächst hierher nachzukommen. Komm recht bald, und lass uns die Schönheit teilen, die hier um mich ist. Bis dahin also recht herzliche Grüße, auch an deinen Vater, dein Severin.«

2

Als Severin am nächsten Tag um die Mittagsstunde von einem Spaziergang aus dem Wald zurückkam, befand sich die Tochter des Eggstätters, Barbara, im Jagdhaus Ludwigsruh.

Sie hantierte mit Besen und Scheuerlappen und bemerkte den Zurückkommenden erst, als er schon unter der Tür stand, wo er sie schon eine ganze Weile beobachtet haben mochte.

»Das Haus sollten Sie nicht abschließen, wenn Sie fortgehen«, sagte sie, fröhlich lachend. »Ich musste wie ein Einbrecher durch das Fenster einsteigen.«

Severin schmunzelte. Das Mädchen wusste sich offensichtlich zu helfen! »Ach ja, richtig. Man müsste den Schlüssel irgendwo hinterlegen, nicht wahr?«

»Alles ist voller Staub«, meinte sie, als wollte sie ihr Hiersein damit entschuldigen. »Ich habe Ihnen Milch mitgebracht; sie steht im Keller. Milch müssen Sie viel trinken, weil Sie so blass sind, meint meine Mutter.«

»Lassen Sie nur, Barbara«, sagte er belustigt. »Die Sonne wird mich schon braun machen, verlassen Sie sich darauf! Aber – Sie haben ja gleich einen ganzen Korb voller Essen mitgebracht, als ob ich hier gemästet werden sollte!«

»Ja, das muss aber auch drei Tage reichen. Wir haben Heuernte, da kann ich nicht jeden Tag etwas vorbeibringen. Im Herbst wird das wieder anders. Aber wer weiß, da sind Sie vielleicht schon längst wieder fort.«

»Wo sollte ich denn dann wohl sein?«

Barbara zuckte die Schultern und sah ihn bedeutdungsvoll an. »Woher soll ich das wissen? Vielleicht daheim, bei Ihrer Braut.«

Damit wollte sie offensichtlich auf den Busch klopfen.

»Ich habe keine Braut«, gab Severin bereitwillig und amüsiert die gewünschte Auskunft.

Barbara lachte spöttisch. »Das kann ja jeder sagen!« Sie wischte üben die Bank und sah ihn dann aus zusammengekniffenen Augen an und blinzelte schalkhaft. »Euch Männern darf man ja nichts glauben. Da lügt einer besser als der andere.« Doch ihr Ton war eher kokett als abwehrend, dazu lachte sie wieder hell und ausgelassen.

Severin betrachtete sie belustigt. Er sagte: »Gestern haben Sie mich für einen Knecht gehalten, und heute stehen Sie an meinem Herd und kochen für mich.«

Später aßen sie dann zusammen. Sie wollte ihn zunächst nach dem Kochen alleine lassen, aber er versicherte ihr, dass das Essen ihm in ihrer Gesellschaft viel besser schmecken würde, und so ließ sie sich dann gerne dazu überreden, sich ebenfalls mit an den Tisch zu setzen. Es gab Geräuchertes mit Kraut und Knödeln. Sie sagte, dass er das, was übrigbliebe, am nächsten Tag nur aufzuwärmen brauche. Was das Sauerkraut betreffe, so schmecke es ohnehin am besten, wenn es ein paar Mal aufgewärmt worden sei.

Barbara war ein ausgesprochen hübsches Mädchen, stellte Severin fest. Unwillkürlich fragte er: »Wer ist denn eigentlich Ihr Schatz, Barbara?«

Sie machte das treuherzigste Gesicht der Welt. »Ich habe keinen!«

»Ja, wie ist denn das möglich?«

»Warum soll das nicht möglich sein?«

»Weil ich nicht glauben kann, Barbara, dass die Burschen hier blind an Ihnen vorüberlaufen.«

»Na, Sie sind aber einer«, sagte sie schelmisch und stand auf, um das Geschirr abzuräumen und zu spülen.

Später half sie ihm dabei, die beiden Koffer auszupacken, die am Morgen gebracht und vor die Tür gestellt worden waren. Severin hatte nichts davon mitbekommen. Er habe geschlafen wie ein Stein, erzählte er Barbara. Das sei er schon gar nicht mehr gewohnt, dass man eine ganze Nacht durchschlafen könne.

»Wozu brauchen Sie denn dies ganze Eisenzeug, all die vielen Messer und Hämmer?«, unterbrach ihn Barbara, die gerade den einen Koffer geöffnet hatte und etwas ratlos auf den Inhalt schaute, auf den sie nicht gefasst gewesen war.

»Für meine Arbeit. Ich bin Bildhauer, und wer weiß, Sie haben einen so reizvollen Kopf, dass ich vielleicht Lust bekomme, ihn zu modellieren!«

»Sie sind aber ein Schmeichler!«

»Nein, im Ernst, Barbara, vielleicht bitte ich Sie eines Tages, mir Modell zu stehen.«

»Da werden Sie nicht viel Freude haben, denn stillhalten, das liegt mir nicht, wenn ich ehrlich sein soll!«

›Ja, das glaube ich dir gerne‹, dachte er. An ihr sprudelte und sprühte alles vor lauter Lebenskraft. Aber vorerst hatte er ohnehin nicht die Absicht, sich an seiner Arbeit zu versuchen, denn er spürte den inneren Drang dazu noch nicht. Das musste erst wieder zu ihm zurückkommen, genauso wie das Vertrauen zu den Menschen.

Nun schickte Barbara sich zum Gehen an. Sie sagte, dass sie erst in ein paar Tagen wiederkommen werde. Bis dahin müsse er sich allein helfen. Ihr Blick ging durch den Raum, als suche sie noch nach einer Unordnung, die beseitigt werden müsse. Dann schaute sie ihn an, so ein wenig von unten herauf, als warte sie auf etwas Bestimmtes. Er gab ihr die Hand.

Das war nicht das, was sie heimlich gehofft hatte, aber es war immerhin ein Anfang, beschloss sie, als sie sich auf den Weg machte.

Er sah ihr nach, bis sie zwischen den Bäumen verschwunden war. Dann wandte er sich um und schüttelte über sich selbst den Kopf. »Severin, Severin, lass dich nun bloß nicht zu Dummheiten hinreißen!« War das nicht seltsam? Wie lange hatte er nun seiner verlorenen Liebe nachgetrauert, und da kam so ein hübsches junges Ding daher und brauchte ihm nur ein bisschen schöne Augen zu machen, und schon ließ er sich bereitwillig auf einen Flirt mit ihr ein.

Drei Tage später stand er gegen Mittag schon am Gartenzaun und sah nach Barbara aus. Als er sie kommen sah, ging er ihr lachend entgegen: »Gut, dass Sie kommen. Der ganze Vorrat ist schon aufgebraucht. Ich hätte nicht gedacht, dass ich jemals wieder einen solchen Appetit entwickeln könnte.«

Er nahm ihr den Korb ab und ging neben ihr her. Sie trug heute ein anderes Kleid, und er fand, dass sie darin noch vorteilhafter aussah. Wirklich, sie gefiel ihm von einem zum anderen Male besser. ›Zum Schluss verliebe ich mich womöglich noch in sie‹, dachte er.

Barbara spürte, dass Severin viel zugänglicher war als bei ihrem letzten Besuch. Aber sie tat so, als merke sie das nicht. Nach dem Essen gab sie vor, gleich wieder gehen zu wollen, und war sehr zufrieden, als er sie bat, noch ein wenig zu bleiben. Er sei jetzt drei Tage lang ganz alleine gewesen und würde sich freuen, wenn sie ihm noch ein bisschen Gesellschaft leisten könnte.

»Ich würde es gar nicht aushalten, drei Tage lang so ganz allein zu sein«, meinte sie. »Was tun Sie denn überhaupt den ganzen Tag?«

»Nun, eigentlich nicht viel. Baden, in der Sonne liegen, essen und wieder an die Sonne. Und – ein klein wenig denke ich auch an Sie ...«

»Aha!«, sagte sie. Hatte sie ihn wirklich so leicht dort hingebracht, wo sie ihn haben wollte? Tatsächlich, Severin zerdrückte die Zigarette im Aschenbecher, obwohl er sie erst halb geraucht hatte, und legte den Arm um ihre Schultern.

Barbara dachte gar nicht daran, es ihm zu verwehren, und auch gegen seinen Kuss wehrte sie sich nicht. Erst nach einer geraumen Weile schien es ihr angebracht zu sein, den Mann von sich zu drängen und so zu tun, als sei sie böse auf ihn. Mit einem Ruck stand sie auf.

»So etwas ist mir denn doch noch nie passiert! So eine Frechheit!«

Severin war nahe daran, sich zu entschuldigen. Doch dann lächelte Barbara auf einmal wieder und sagte im Verschwörerton: »Die Mutter! Wenn sie das wüsste, dürfte ich keinen Schritt mehr raufgehen zu Ihnen.«

»Na, dann ist es ja nur gut«, lachte er, »dass die Mutter es nicht gesehen hat! Und wir haben doch auch nicht die Absicht, es ihr zu erzählen, nicht wahr, Barbara?«

Die Barbara steckte eine herausgerutschte Haarnadel in die Zöpfe und brach den Bann vollends, indem sie sagte: »Auf gar keinen Fall! Der Mutter kann ich doch so etwas nicht sagen.« Sie hob drohend den Finger.

»Weißt du was, Barbara? Du gibst mir den Kuss zurück, und wir sind wieder quitt!«

»Ah, da schau her! Sie sind ein ganz Schlauer, wie mir scheint.« Sie schüttelte lachend den Kopf, so dass ihre Zöpfe nur so flogen. »Nein, nein, allzu viel auf einmal ist ungesund.«

»Schön, dann also auf Raten.«

Barbara raffte ihren Korb und das Geschirr zusammen. »Jetzt ist es aber allerhöchste Zeit! Daheim werden sie sich schon wundern, warum ich so lange fortgeblieben bin.«

»Wann kommst du wieder?«

»Erst in drei Tagen. Sie müssen ...«

»Einen Augenblick, Barbara. Jetzt müssen wir aber auch ›du‹ zueinander sagen.«

Sie tat ein wenig verschämt. »Wenn du meinst, dann sag ich halt ›du‹. Aber – was habe ich eigentlich sagen wollen? Ja, richtig: Du musst dir die Vorräte so einteilen, dass sie Ihnen drei Tage reichen.«

»Sagst du jetzt schon wieder Sie? ›Severin‹, heißt es und – ›du‹.«

»Daran muss ich mich halt erst gewöhnen, weißt du.«

Sie machte sich von seiner Hand los, kicherte und lief davon.

Jetzt, da er wieder allein war, fühlte Severin sich durchaus nicht tiefbeglückt und zufrieden. ›Was bin ich denn nur für ein wankelmütiger Kerl‹, sagte er sich. ›Vor einer Woche war ich noch mit aller Welt zerfallen, und heute lasse ich mich auf ein solches Spielchen ein.‹ Liebe? Nein, nein, Liebe konnte das beileibe nicht sein! Barbara war so fröhlich und lebenssprühend, und das steckte ihn an. Er musste aufpassen, dass er sich nicht zu weitreichenderen Dingen hinreißen ließ.

Die Eggstätterin saß am Bett der Barbara und machte ein überaus neugieriges Gesicht. Das Mädchen schlief noch nicht. Kerzengerade ausgestreckt lag sie im Bett, hatte die Hände hinter dem Kopf verschlungen und die Augen zur Decke aufgeschlagen.

»Lass dir doch nicht jedes Wort abbetteln, Barbara! Deiner Mutter kannst du es doch sagen. Wie war es denn droben?«

Barbara schloss in Erinnerung an »droben« die Augen.

»Wo droben?«, fragte sie scheinheilig.

»Verstell dich doch nicht so! Du weißt ganz genau, was ich meine!«

»Ach ja«, machte Barbara und nahm die Hände hinter dem Kopf hervor, um mit ihren Haaren, die ihr aufgelöst über die Brust fielen, zu spielen. »Wie

26

soll es schon gewesen sein? Was kann man da schon sagen? Ich war ja erst zweimal oben. Und überhaupt, dass du es weißt: Er ist ein anständigen Herr. Da lasse ich gar nichts auf ihn kommen!«

Rasch sagte die Bäuerin: »Ja, das habe ich gleich gemerkt, dass er ein anständiger Mensch ist. So einer wäre schon der Richtige für dich. Du kannst ja so nebenbei einmal durchblicken lassen, dass du die einzige Tochter bist und einmal ein schönes Heiratsgut zu erwarten hast. So was zieht bei Männern allemal! Lass dir nur vor deinem Vater nichts anmerken!«

»Wenn es nach dem Vater ginge, dürfte ich überhaupt keinen anderen anschauen als den Sixten-Martin. An dem hat er einen Narren gefressen.«

»Ja, der Vater, weißt du, der meint es ja gut mit dir, aber er denkt halt über einen Bauernhof nicht hinaus. Aber sag einmal, hast du ihn denn noch nicht gefragt, wo er her ist und so weiter?«

»Es hat sich noch keine Gelegenheit zu einer solchen Frage ergeben.«

»Ich hab nur gemeint, weil du gar so lange droben warst.«

»Ja, was glaubst denn du, Mutter, was ich Arbeit gehabt habe da oben?« Sie setzte sich im Bett auf und zählte voller Eifer an den Fingern die Menge an Aufgaben ab, die sie dort gehabt haben wollte. »Abstauben, aufwischen, essen, abspülen und so weiter. Und – rate einmal, was er von mir gesagt hat?«

»Was denn?«

»Dass ich einen reizvollen Kopf hätte! So was hat der Sixten-Martin noch nie zu mir gesagt!«

Die Mutter nickte lebhaft.

»Geh, was willst du denn mit dem Sixten-Martin! Der hat ja überhaupt keine Bildung.«

»Aber einen großen Hof hat er, und das ist beim Vater die Hauptsache.«

»Heiraten musst du, und nicht der Vater! Jedenfalls, mich hast du ganz auf deiner Seite. Mir war der Sixten-Martin noch nie recht.«

Hier hätte Barbara der Mutter zwar schon das Gegenteil beweisen können, aber sie verschwieg es lieber und war insgeheim froh, die Mutter auf ihrer Seite zu haben in allem, was nun kommen würde. Freilich, was tatsächlich kommen würde, darüber war sich Barbara selbst noch nicht klar. Dieser Severin war im Grunde genommen doch recht zurückhaltend, auch wenn sie ihn schon etwas aus der Reserve gelockt hatte. Sie würde so weitermachen, wie sie angefangen hatte, beschloss sie. Er sah nicht schlecht aus, dieser Severin ...

Sorgfältiger als sonst noch richtete sich Barbara zwei Tage später für ihren mittäglichen Gang zurecht. Sie steckte ein paar silberne Nadeln ins Haar, probierte ein Lächeln vor dem Spiegel und ließ die Augen blitzen und wieder melancholisch werden. Als sie mit dem großen Henkelkorb aus dem Hause ging, sagte die Mutter zu ihr: »Heute sind es lauter gute Schmankerl. Man darf nämlich nicht vergessen, bei einem Mann geht die Liebe durch den Magen. Da sind sie alle gleich, ob sie nun Eggstätter heißen oder Sixten-Martin, oder – wie heißt er?«

»Severin«, sagte Barbara, und sie sprach es recht langsam aus. Dann zog sie ihr seidenes Tüchlein am Hals zusammen und ging.

Auf dem Weg kamen ihr nun doch allerlei Gedanken. War es denn eigentlich nicht Unrecht, was sie tat? Wenn der Martin davon wüsste! Mit dem Martin war in dieser Beziehung nicht gut Kirschen essen.

Sei ehrlich, Barbara, mahnte sie eine innere Stimme. Hat dir der Gedanke, einmal als Bäuerin auf dem Sixtenhof einzuziehen, nicht vor kurzem noch geschmeichelt? War es dir nicht recht, dass der angesehenste und stärkste Bursche des Dorfes um dich warb? Du hast dich am Dreikönigstag öffentlich mit ihm auf dem Ball gezeigt, und am Osterberg drüben beim großen Georgsfest, da hat es alle Welt sehen können, dass du zu ihm gehörst und er zu dir.

Einen Augenblick pochte ihr Herz nun doch ein wenig bänglich. Aber dann schlug sie die mahnenden Stimmen in den Wind und schritt schneller aus, um möglichst schnell in den Schatten der Bäume zu gelangen.

Der Mann, zu dem sie ging, hatte inzwischen drei weitere Tage in Sonne und Licht verbracht und war nun schon ziemlich braun gebrannt. Barbara blieb stehen und sah ihn überrascht an. Wie sehr er sich verändert hatte! Nichts mehr von jener bleichen Krankenhausfarbe haftete an ihm. Er sah besser aus als je zuvor, plauderte lustig und lachte viel.

O ja, er sah wohl, wie hübsch Barbara sich gemacht hatte, und er hätte ein Esel sein müssen, wenn er nicht gemerkt hätte, dass dies für ihn geschah. Es eilte ihr heute absolut nicht mit dem Heimgehen, und als sie es dennoch tat, sagte sie, dass sie diesmal nur für zwei Tage das Essen gebracht habe. Als sie fort war, dachte Severin angestrengt über Barbara nach. Ihre frische Natürlichkeit tat ihm wohl. Es tat ihm gut, dass ein Mensch für ihn sorgte. Liebte er die Barbara vielleicht sogar? Er wurde sich selbst nicht recht klar darüber. Er freute sich, wenn sie kam, und spürte eine Leere, wenn sie nicht da war. Das war vorerst einmal alles.

Ins Haus tretend, merkte er, dass sie ihr seidenes Umschlagtüchlein hatte liegen lassen. Es war ein hauchdünnes, geblümtes Tüchlein. Er zog es langsam durch die Finger und hängte es dann über die Stuhllehne, damit sie es das nächste Mal nicht vergesse, obwohl ja dies auch nicht schlimm gewesen wäre.

Es schien aber doch schlimm genug zu sein, denn Barbara kam am selben Abend noch und fragte aufgeregt, ob sie etwa ihr Tüchlein hier vergessen hätte. Auf dem ganzen Weg hätte sie es schon gesucht. Es liege ihr sehr viel an dem Tüchlein, weil sie es von ihrer Taufpatin bekommen habe.

Die ganze Aufregung war so übertrieben gespielt, dass sogar Severin die Komödie durchschaute. »Du solltest eigentlich immer bei mir sein, Barbara«, sagte er. »Zumindest solltest du öfter hierher zu mir kommen.«

»Das kann ich aber vorher nie so genau sagen.«

»Ich möchte es aber wissen, es könnte sonst einmal vorkommen, dass ich gar nicht daheim bin. Diese Woche kommt nämlich der Jäger und holt mich ab zur Jagd.«

Barbara erschrak und hatte dann nachdenkliche Falten auf der Stirn.

»Was denkst du denn jetzt?«

»Ach, nichts. Ich meine bloß, du wirst auch nicht viel anders sein wie andere Männer auch. Wenn du einmal droben warst zur Jagd, dann wirst du dich kaum mehr hier aufhalten.«

Er lachte sie aus. »So ein gewaltiger Nimrod bin ich gerade nicht. Und dann«, er zwinkerte ihr zu, »ich muss doch wieder runterkommen, wenn ich dich sehen will.«

»Da droben auf den Almen gibt es genügend hübsche Sennerinnen. Vielleicht denkst du dann gar nicht mehr an mich!«, schmollte Barbara.

»Schlag dir das aus dem Kopf«, antwortete er entschieden. »Ich bin nicht wetterwendisch, heute so und morgen so. Und wenn du willst, dann verspreche ich dir gerne, überhaupt in keiner Almhütte zuzukehren.«

»Versprich mir's«, sagte sie in einer eigentümlichen Hast. »Es wird sich zwar nicht ganz umgehen lassen, aber auf unserer Alm, das versprich mir, Severin, von unserer Alm bleib weg.«

»Gut, wenn du es haben willst, mir liegt schließlich gar nichts daran. Aber nun einmal allen Ernstes, Barbara. Du bist doch frei? Ich meine, du bist doch an niemanden gebunden?«

»Warum willst du das wissen, Severin?«

»Weil mir das sehr wichtig ist. Einem anderen das Mädchen wegnehmen ist eine Schuftigkeit. Ich habe es selbst schon erlebt, und ich würde so etwas nicht tun wollen.«

Barbara hatte plötzlich einen schmalen Mund bekommen und spürte Gewissensbisse. Einen Augenblick dachte sie sogar darüber nach, ihm offen alles mitzuteilen, aber sie fand nicht den Mut dazu. Sie hätte ihn auch gerne gefragt, wie es sich denn verhalte, wenn man einem zugesprochen sei, den man zwar ganz gerne habe, aber doch einsehen müsse, dass es nicht richtige Liebe sei, die einen an ihn binde. Aber auch das blieb unausgesprochen.

Severin begleitete sie durch den Wald bis zu den Wiesen hinunter, denn es war schon dunkel geworden.

Als hätte sich das Schweigen der Natur den beiden Menschen mitgeteilt, standen sie eine lange Weile in der mondbeschienenen Wiese, in wortlosem Einverständnis miteinander.

Der Abend dämmerte gerade, da kam der Sixten-Martin auf den Eggstätterhof. Er war ein wahrer Hüne von Gestalt. Seine Hände waren fast doppelt so groß wie die eines normalen Menschen, und es war sicher keine angenehme Vorstellung, jemanden wie ihn zum Feind zu haben. Doch Feinde hatte der Sixten-Martin gar nicht, denn er war ein verträglicher Charakter.

Der Martin also war gekommen, und weil er im Hof niemanden traf, ging er in die Küche, wo die Bäuerin gerade das Wochenblatt las.

»Eggstättermutter, guten Abend! Wo ist denn die Barbara?«

Die Bäuerin hatte es plötzlich sehr eilig. Sie räumte die Milchschüsseln fort, tat dies und jenes und war voller Geschäftigkeit, bis der Martin zum zweiten Male fragte: »Wo die Barbara ist, möchte ich gerne wissen.«

»Was weiß denn ich?«, fuhr es ihr unfreundlich heraus. »Die Barbara kann doch nicht dauernd an meinem Kittel hängen oder parat sitzen, wenn der Sixt kommt.«

Der Martin schob den Hut aus den Stirn und ließ sich durch diese Unfreundlichkeit nicht aus den Fassung bringen. »Heute bist du aber schlecht aufgelegt, Bäuerin, was?«

»Man kann nicht immer gut aufgelegt sein.«

»Immer freilich nicht, aber heute bist du schon arg grantig, wie mir scheinen will.«

Die Ruhe des Burschen reizte die Eggstätterin. Sie fuhr herum, und ihr Doppelkinn schwabbelte förmlich vor Gereiztheit. »Dir kann es ja gleich sein, wie ich aufgelegt bin!«

»Eigentlich ist mir das nicht ganz gleich«, lächelte der Martin. »Eine lustige Schwiegermutter ist mir auf alle Fälle lieber als eine grantige.«

»Ich bin aber noch nicht deine Schwiegermutter! Noch lange nicht, dass du es weißt!«

»Aber es wird bald soweit sein«, meinte der Martin mit unerschütterlicher Ruhe. So konnte nur einer sprechen, der sein Glück fest und sicher in den Händen hielt. »Und zwar weil mir das Alleinsein gar nicht mehr passen will.«

»Die Barbara ist noch jung, bei der ist es noch nicht eilig. Aber wenn es dir gar so mit dem Heiraten eilt – ja, dann musst du dich nach einer anderen umschauen!«

»Ich will aber keine andere«, sagte der Martin, überrascht über diese neue Wendung, die das Gespräch genommen hatte. »Und überhaupt, es ist doch schon lang ausgemacht, dass im Herbst die Hochzeit sein soll.«

»Wer soll das ausgemacht haben?«

Der Martin schaute die Bäuerin ein wenig schärfer an.

»Was ist denn überhaupt los? Bist es nicht du selbst gewesen, die mir immer wieder zugeredet hat wie einem kranken Gaul, ich dürfe die Barbara nicht länger warten lassen? Warst du nicht auch dabei, als wir in der Stube vorne darüber gesprochen haben, dass im Herbst die Hochzeit sein soll? Und jetzt kommst du mir so daher!« Sein Blick wurde misstrauisch. »Du, Eggstätterin, das sag ich dir: Wenn ich merke, dass da ein anderer dahintersteckt, dann gibt es ein Unglück. Ich lasse mich nicht zum Narren halten.«

Die Eggstätterin erschrak. »Vielleicht ist Barbara zur Schneiderin gegangen«, meinte sie plötzlich ganz kleinlaut. »Ich glaube, ich erinnere mich jetzt wieder: Sie hat gesagt, sie wolle ins Dorf zur Schneiderin gehen und eines ihrer Dirndl richten lassen. Sie hatte sich die Borte am Rocksaum abgerissen.«

»So? Das hättest mir auch gleich sagen können. Wenn das so ist, dann hole ich sie ab«, sagte der Martin und war, bevor die Bäuerin etwas sagen konnte, aus der Küche.

Es gab in Bernbichl nur eine Schneiderin, und zu dieser ging Martin nun. Er fiel aber nicht gleich mit der Türe ins Haus, sondern sagte zunächst nur, dass man sie auf dem Sixtenhof demnächst brauche, ob sie vorbeikommen könne.

Nachdem der Tag bestimmt und sonstiges Belangloses besprochen war, sagte der Martin so nebenbei: »Dass ich es nicht vergesse: Die Eggstätter-Barbara ist mir gerade begegnet und hat mir gesagt, ich solle fragen, ob sie nicht ihre Handtasche bei dir liegen gelassen hat.«

»Handtasche?« Die Näherin schüttelte den Kopf. »Wie kommt sie denn darauf? Die Barbara ist doch schon seit Weihnachten nicht mehr bei mir gewesen.«

»Dann wird sie die Handtasche wohl woanders liegen gelassen haben. So, so! Die Barbara war heute also gar nicht bei dir?«

»Wenn ich dir doch sage! Seit Weihnachten hab ich sie nicht mehr gesehen.«

»Dann habe ich sie wohl falsch verstanden. Oder es wird ein Irrtum von ihr sein.«

Er lachte etwas verlegen. Dann ging er. Als er die Türe hinter sich geschlossen hatte, blieb er auf der Stiege stehen und schüttelte den Kopf. »Da stimmt doch etwas nicht«, murmelte er vor sich hin. Jeden Samstag war die Barbara bisher noch daheim gewesen und hatte auf ihn gewartet. Wo war sie heute? Warum war die Eggstätterin so kurz angebunden, ja sogar grob zu ihm gewesen?

Es war offensichtlich, dass da irgend etwas nicht in Ordnung war. Eine Weile überlegte er, was er nun tun solle. Schließlich ging er zum Schwanenbräu, wo er den Eggstätter am Stammtisch wusste.

Der Sixten-Martin war sonst kein Wirtshausgänger, darum wunderte sich der Eggstätter über den ungewohnten Besucher, rückte aber sogleich bereitwillig auf der Bank ein Stückchen weiter, damit der Martin neben ihm Platz nehmen konnte.

»Wenn du nachher heimgehst, dann gehe ich mit«, sagte der Martin.

»Ist schon recht. Du musst aber noch warten, bis wir mit unserem Kartenspiel fertig sind.«

»Macht nichts, ich kann schon warten.«

Martin bestellte sich ein Bier und wartete geduldig, bis die Kartenspieler schließlich ihre Partie beendet hatten und der Eggstätter aufbrach.

Auf dem Heimweg nun druckste der Martin eine lange Weile herum, weil er nicht wusste, wie er das heikle Thema ansprechen sollte. Der Eggstätter musste ihn erst dazu ermutigen: »Also dann, raus mit der Sprache, Martin! Was hast du denn auf dem Herzen?«

Der Martin blieb stehen und schaute zu den Sternen hinauf. Endlich sagte er: »Es ist doch eine ausgemachte Sache zwischen uns, Eggstätter, dass ich im Herbst die Barbara heirate?«

»Ja, das ist richtig. Warum, hast du es dir vielleicht anders überlegt?«

»Ich nicht, aber ich habe den Eindruck, die Barbara.«

»Davon ist mir nichts bekannt.«

»Es muss aber doch so sein. Die Eggstätterin war vorhin, als ich, wie immer am Samstag, bei euch vorbeigeschaut habe, so kurz angebunden mit mir und hätte mich am liebsten hinausgeworfen. Die Barbara war nicht daheim, und da, wo sie angeblich hingegangen sein sollte, ist sie seit Monaten nicht mehr gewesen. Du kannst sagen, was du willst, irgendetwas stimmt da nicht.«

Der Eggstätter zog an seiner erloschenen Zigarre. »Hast du ein Streichholz, Martin? – Also, ich weiß jedenfalls von nichts. Aber ich gebe dir Recht, das hört sich sehr merkwürdig an. Ich werde der Sache einmal nachgehen. Mach dir nur keine Sorgen, Martin, mit Barbara wird es sich bestimmt wieder einrenken.«

»Werd aber bitte nicht grob mit der Barbara, egal was dahintersteckt. Was das betrifft, das mache ich schon alleine mit ihr ab.«

»Keine Sorge!« Der Eggstätter lachte. »Ich habe es mir doch gleich gedacht, als ich dich in der Wirtsstube gesehen habe, dass du mit mir über irgendein Problem mit der Barbara reden willst. Jedenfalls, mein Wort hast du, dass ich die Sache wieder einrenken werde.«

Er streckte dem Martin die Hand hin, wie zur Bekräftigung seiner Worte.

Beim Wegkreuz trennten sie sich, weil Martin nach rechts über den Berg hinauf musste. Seine Schritte verloren sich nach einer Weile im groben Feldweg.

Auf dem Eggstätterhof schlug der Hund an, bis er den Schritt des Herrn erkannte, dann kroch er wieder in seine Hütte. Dunkel und verschwiegen lag der Hof unter flimmernden Sternen. Nur das Wasser plätscherte im Brunnentrog. Das kleine Fenster im Gang war nur angelehnt. Dahinter lag der Haustürschlüssel.

Der Bauer legte seine Zigarre auf den Ofensims und zog die schweren Schuhe von den Füßen. Dann ging er strumpfsockig die Stiege hinauf und trat in Barbaras Kammer, denn er wollte sie gleich fragen, was da los sei. Aber das Bett der Barbara war leer.

»Na, da schau her! Das Fräulein ist noch gar nicht daheim.«

Er ging wieder hinunter, setzte sich auf das Sofa und wartete. Die Kuckucksuhr schlug die elfte Stunde, und kaum war der kleine Vogel nach dem letzten Schrei in sein Häuschen geschlüpft, hörte man draußen einen schnellen Schritt. ›Aha‹, dachte der Eggstätter. ›Jetzt kommt sie ja endlich!‹

Ja, es war die Barbara. Als sie aber den Vater in der Stube sitzen sah, dachte sie, dass er sie gar nicht zu sehen brauche. Sie wollte lieber durch den Stall schleichen, um ungesehen in ihre Kammer zu kommen. Aber der Stall war verschlossen, und so probierte sie es durch die Tenne.

Doch als sie durch die eiserne Tennentüre auf den oberen Söller trat, wurde unten im Gang das Licht angeknipst, und der Vater stand auf dem untersten Treppenabsatz.

»Was ist denn da oben los?«

»Ich bin's bloß«, piepste Barbara erschrocken mit dünner Stimme.

Der Bauer kam nun die Treppe herauf. »Ach, du bist es! Was sind denn das für neue Moden, von hinten ins Haus zu schleichen wie ein Dieb? Wo kommst du denn überhaupt her, um diese Zeit?«

»Ich? Ja, weißt du, Vater – mit dem Martin bin ich ein bisschen spazieren gegangen, weil die Nacht gar so schön ist.«

»Aha, mit dem Martin! Soso! Ja, dann ist es schon recht.«

Der Eggstätter drehte sich wieder um und ging hinunter, ohne ihr die Lüge auf den Kopf zuzusagen. Auf diese Weise würde er sich wahrscheinlich nur durch ein Netz von Widersprüchen und Lügen durcharbeiten müssen, um schließlich auf die richtige Spur kommen, überlegte er sich. Das musste er schon schlauer anpacken. Er beschloss, sein Glück bei der Bäuerin zu versuchen, denn wegen Martins Schilderung ihres seltsamen Verhaltens dem künftigen Schwiegersohn gegenüber war er sicher, dass sie über alles bestens Bescheid wusste.

Die Bäuerin schlief schon fest, als er die Kammer betrat. Und als er sich knarrend auf die Bettstelle setzte, um seine Strümpfe auszuziehen, schlief sie ruhig weiter.

»Heut hab ich den Lehrer doch einmal rupfen können beim Kartenspielen«, sagte er und tat so, als ob ihn dies recht freue. »Vierzig Mark hab ich ihm abgeknöpft.«

Keine Antwort. Er schneuzte sich heftig und sagte dann: »Du, Magdalena! Schläfst du schon?«

Sie knurrte ungeduldig.

»Ich wollte dich bloß etwas fragen wegen der Barbara und dem Sixten-Martin.«

Oh, wie flink sie sich auf einmal umdrehte, die Eggstätterin. »Warum, was ist mit ihnen?«

»Eigentlich nichts Besonderes. Ich hab bloß über sie nachgedacht. Stimmt zwischen den beiden irgendetwas nicht mehr?«

»Ich weiß nicht. Kann schon sein. Wie kommst du denn auf einmal darauf?«

»Weil ich auch Augen im Kopf habe, und weil ich mir selber auch schon manchmal Gedanken darüber gemacht hab, ob die Barbara überhaupt zum Martin passt.«

Jetzt war die Eggstätterin auf einmal hellwach. Sie stützte sich auf den Ellbogen und wurde sehr gesprächig.

Ihre Worte sprudelten wie bei einem Rechtsanwalt, der einen Angeklagten freibekommen will. Sie malte es in den düstersten Farben aus, welch ein Leben es für die Barbara wäre auf dem Sixtenhof, neben einem Menschen, der nichts kenne als seinen Hof und seine Felder.

Der Eggstätter grinste heimlich in sich hinein. Daher wehte also der Wind! Die Bäuerin meinte, ihr Töchterlein sei zu Höherem berufen! Und als sie endlich fertig war, meinte er vorsichtig: »Da könntest du vielleicht schon Recht haben, Magdalena. Aber der Barbara wird ja schließlich nichts übrigbleiben, als einen Bauern zu nehmen. Beamte sind bei uns keine zu bekommen.«

»Es müsste kein Bauer sein und kein Beamter«, versicherte die Bäuerin eifrig. »Die Barbara hat etwas ganz anderes im Auge.«

»So, so! Und was wäre das denn?«

Zuerst druckste die Eggstätterin eine Zeit lang herum und meinte dann: »Du gehst sicher gleich in die Luft, wenn ich es dir sage.«

»Wenn es etwas Vernünftiges ist, dann habe ich keinen Grund dazu.«

»Der wäre freilich der Richtige. Die Barbara mag ihn, das sieht sogar ein Blinder. Und er mag sie auch.«

»Ja – Kreuzbirnbaum und Hollerstauden! Jetzt spuck's doch endlich aus. Wer ist denn dieser Richtige?«

»Der Herr droben in der Jagdhütte.«

»Der?« Der Eggstätter pfiff leise durch die Zähne. »Da schau her, mit dem hätte ich nun gar nicht gerechnet.«

Mehr sagte er nicht. Er war nicht einmal zornig, nur überrascht. Mit allem möglichen hatte er gerechnet, nur mit dem nicht. Jetzt kam es ihm vor, als hätte der Fremde sein Vertrauen missbraucht.

»Warum sagst du jetzt gar nichts mehr?«, fragte die Frau.

»Weil ich nachdenken muss.«

»Ja, aber das musst du doch selbst einsehen, dass so jemand für unsere Barbara der Richtige ist. Sie ist überhaupt für die Bauernarbeit ein bisschen zu schwach. Er ist ein Künstler, weißt du?«

»So, so, ein Künstler ist er. Na ja, warum nicht? Aber jetzt schlafen wir. Gute Nacht!«

3

Dort, wo der Bach sich ums Eck wand und dichtes Haselnussgebüsch das Ufer säumte, wartete Martin am Sonntag nach dem Hochamt auf Barbara. Er hatte eine unruhige Nacht hinter sich, in der er immer wieder durch lebhafte Träume aus dem Schlaf gerissen wurde, die alle davon handelten, wie Barbara ihm weggenommen wurde. Und nun, da er hinter den Haselnussbüschen saß, überlegte er, was es für ihn bedeuten würde, wenn er Barbara tatsächlich verlieren würde.

Natürlich hätte er keine Probleme gehabt, eine andere zu finden. Doch Martin mochte zwar schwerfällig und bedächtig wirken, so dass man ihm so heftige Gefühlsregungen gar nicht zutraute, aber er war dennoch in seine hübsche Verlobte bis über beide Ohren und wie ein Schuljunge verliebt. Es schien ihm undenkbar, sie kampflos aufzugeben, falls sie ihn auf einmal nicht mehr haben wollte.

Nun kam sie daher, raschen Schrittes, die schwere Seidentracht schillerte im Licht der Sonne. Dem Martin klopfte das Herz bis in den Hals hinein, und es schien ihm, dass Barbara noch nie so schön gewesen sei wie jetzt, da er Grund zur Sorge hatte, sie zu verlieren. Jetzt ging sie über den kleinen hölzernen Steg.

Das war der Augenblick, in dem Martin die Haselnussbüsche auseinanderschlug und ihr in den Weg trat. Barbara erschrak ein wenig, aber man merkte es kaum, nur ihre Brauen zog sie ein wenig hoch.

»Das ist ja eine ganz neue Mode«, sagte sie, und ein leichter Spott schien in ihrer Stimme mitzuschwingen. »Seit wann lauert man denn einem Mädchen auf wie ein Wegelagerer?«

»Seit man dich daheim nicht mehr treffen kann«, erwiderte der Martin störrisch.

»Weil ich gestern zufällig einmal nicht da war.« Sie zeigte die blanken Zähne. »Ich kann doch nicht immer auf dem Stühlchen sitzen, wenn du kommst.«

»Weil du zur Schneiderin gegangen bist, oder?«

»Ja, da bin ich auch gewesen.«

Da packte er mit raschem Griff ihr Handgelenk. »Jetzt hab ich dich erwischt bei der Lüge. Du bist ja gar nicht bei der Schneiderin gewesen. Du – merk dir das eine: Zum Narren halten lass ich mich nicht von dir! Da musst du dir einen Dümmeren suchen!«

Barbara gab ihre überlegene Art auf. Unwillkürlich bekam sie ein wenig Angst vor seinem finsteren Blick. Sie wollte ihr Handgelenk befreien, aber seine Finger hielten wie Schrauben.

»Sei doch vernünftig, Martin«, versuchte sie einzulenken. »Du tust gerade so, als wenn ich wer weiß was verbrochen hätte!«

»Das kann ich ja nicht wissen, ob du etwas verbrochen hast. Also, wo warst du gestern? Sag es!«

Trotzig erwiderte sie: »Ich sag's aber nicht!«

»Dann wird es schon so sein, dass du einen anderen im Kopf hast.«

Barbara fing eines der Schürzenbänder ein, mit denen der Wind spielte, drehte es ein paar Mal um den Finger und hob dann plötzlich die Augen.

»Und wenn es so wäre, Martin?«, fragte sie ihn.

Er ließ sie los, so sehr erschrak er über ihre Worte. »Barbara, das gäbe ein großes Unglück! Der Kerl dürfte mir nicht in die Finger kommen!«

›Ich darf kein Wort mehr davon sagen‹, dachte Barbara. Sie wusste ganz genau, dass dies keine leere Drohung war. Er durfte nichts davon erfahren, wie es um sie stand. Sie hatte ihn bisher ja ganz gern gemocht, und er konnte nichts dafür, dass ihr das nun nicht mehr ausreichend erschien. Sie musste einen Weg finden, sich ganz vorsichtig von ihm zu lösen, so dass er nicht mehr an Rache denken würde, wenn es dann endgültig wäre. Und so hielt sie es für das Allerbeste, vorerst sein Misstrauen zu besänftigen.

»Du bist aber ein eifersüchtiger Patron«, meinte sie. »Weil ich jetzt ein einziges Mal nicht daheim gewesen bin, als du gekommen bist, denkst du gleich wer weiß was.«

»Nein, Barbara, das ist es nicht. Aber du hast mich angelogen, und das ist verdächtig.«

Er schaute sie fest an dabei, und sie fühlte sich plötzlich beklommen unter seinem Blick, so dass sie die Augen senken musste. In den Haselnussbüschen pfiff hell ein Vogel, und vom Kirchturm herauf hörte man zwei dröhnende Schläge.

Da sagte der Martin mit einer Stimme, die sie noch nie bei ihm vernommen hatte: »Schau, Barbara, ich hab es dir noch nie gesagt, aber ich hab dich schon gern gehabt, als du noch in die Schule gegangen bist. Als mich dann der Vater für zwei Jahre nach Hermannshagen zum Praktizieren geschickt hat, da habe ich dir oft schreiben wollen, dass du auf mich warten sollst. Aber unsereinem sind die richtigen Worte nicht dazu gegeben. Meine Hand ist zum Schreiben viel zu schwer. Aber ich habe so oft an dich gedacht, Barbara, und ich habe den Tag kaum erwarten können, bis ich dich wiedersehen würde. Ich dachte, zwischen uns sei alles klar, doch jetzt auf einmal willst du auskneifen. Frag dich einmal gewissenhaft, Barbara, ob das richtig gehandelt ist an mir. Du weißt, ich bin ganz allein, Vater und Mutter sind mir weggestorben, ich hab niemand mehr auf der Welt als dich. So, Barbara – das hab ich dir jetzt sagen müssen.«

Er streckte ihr die Hand hin, ließ sie plötzlich stehen und ging rasch davon.

Barbara wusste nicht recht, was sie denken sollte. Von dieser Seite hatte sie Martin noch gar nicht gekannt. Ja, Barbara geriet in einen Zwiespalt wie noch nie zuvor. Zu ihren Füßen schoss der silberhelle Bach dahin. Sie sah ihr Bild in dem klaren Wasser und dachte erschrocken: ›So schaut also eine aus, die treulos ist, eine, die ein Spiel treibt nach zwei Seiten hin.‹ Ein Gefühl der Scham kroch in ihr hoch, und die Lippen pressten sich zusammen. Am liebsten hätte sie geweint, und auf dem ganzen Heimweg war ihr bitterschwer ums Herz.

Severin hatte in den letzten Tagen zu arbeiten begonnen. Wie ein Fieber hatte es ihn erfasst, und der mächtige Tonkloben, den er sich besorgt hatte, begann unter seinen Händen Form zu gewinnen. Noch wusste er eigentlich selber nicht, was es werden sollte. Gleichviel, er fühlte, dass er die richtige Idee noch bekommen würde, denn er spürte eine unbändige Lust zum Schaffen.

Da hörte er einen festen Schritt auf dem Gartenweg und schaute zum Fenster hinaus. Der Eggstätter war es, der auf das Haus zukam. Severin legte das Werkzeug fort, wischte sich die Hände ab und ging dem Bauern entgegen.

»Guten Morgen, Eggstätter. Na, das freut mich, dass Sie mich einmal aufsuchen.«

Er streckte ihm die Hand hin, aber der Bauer nahm in diesem Augenblick seinen Hut ab und wischte sich den Schweiß von der Stirn. Dann sagte er bärbeißig: »Die Freude muss schon bei Ihnen allein bleiben. Mir wäre es lieber, wenn ich mir den Weg hätte sparen können. Aber zunächst etwas anderes.« Er langte in seine Joppentasche und zog zwei Briefe heraus. »Die sind heute früh angekommen, und der Postbote hat sie bei uns abgegeben.«

»Danke, danke«, sagte Severin zerstreut, schob die Briefe in die Tasche seines weißen Mantels und wusste auf einmal, dass dieser Mann wegen Barbara hier stand. Auf Dauer konnten ihre häufigen Besuche bei ihm einfach nicht geheim bleiben. ›Nun gut‹, dachte er, ›ich will mich nicht drücken.‹ »Bitte, wollen Sie nicht hereinkommen?«

»Nein! Was ich zu sagen hab, das lässt sich auch hier besprechen.«

»Ich vermute, dass es sich um Barbara handelt?«

Der Eggstätter nickte. »Ganz richtig, die Barbara. Gestern war sie das letzte Mal hier oben. Darauf können Sie Gift nehmen!«

Severin zog die Brauen zusammen. »Ach so ...?«

»Ich weiß im Moment nur so viel, dass Sie dem Mädel wahrscheinlich Flausen in den Kopf gesetzt haben«, unterbrach ihn der Eggstätter. »Doch das muss ein Ende haben! Die Barbara soll die Frau eines Bauern werden!«

»Wenn sie will«, sagte Severin. »Soweit meine Erfahrung reicht, müssen es zum Heiraten immer zwei sein.«

Der Eggstätter trat zornig einen Schritt vor. »Ob die Barbara einen Bauern heiraten will? Bis Sie hier aufgetaucht sind, hatte sie jedenfalls nichts dagegen. Seit Jahr und Tag ist die Barbara mit dem Sixten-Martin verlobt. Und jetzt kommen Sie daher – kein Mensch weiß, woher Sie überhaupt kommen – und machen einem anständigen jungen Mann die Braut abspenstig? Finden Sie das richtig? Das hätte ich nicht von Ihnen gedacht.«

Severin war betroffen. »Das habe ich nicht gewusst, Eggstätter. Ich versichere Ihnen im Übrigen, dass zwischen Barbara und mir nichts wirklich Ernsthaftes vorgefallen ist. Und wenn ich geahnt hätte, dass Barbara bereits gebunden ist, hätte ich es auch so weit nicht kommen lassen. Ich gebe Ihnen mein Ehrenwort, dass ich mich ab sofort von ihr fernhalten werde.«

Der Eggstätter war sofort wieder besänftigt. »Dann sieht die Geschichte freilich ein wenig anders aus. Ich habe auch nicht streiten wollen mit Ihnen. Freilich, ich weiß schon, die Barbara ist ein bisschen leichtsinnig. Darum ist es auch gut, wenn sie bald mit Martin verheiratet ist. Ich kann nicht immer hinter ihr her sein, und die Mutter« – der Eggstätter machte eine müde Bewegung mit der Hand und lächelte dazu –, »die Mutter unterstützt das Mädel auch noch bei solchen Dummheiten. Sie hat auch einen Narren gefressen an Ihnen.«

»Sehr schmeichelhaft«, sagte Severin leicht ironisch, wurde aber gleich wieder ernst. »Es wäre mir sehr unangenehm gewesen, Eggstätter, wenn es zu einem ernsthaften Zerwürfnis zwischen uns gekommen wäre. Ich bin froh, dass Sie so schnell zu mir gekommen sind, um die Sache zu bereinigen. Und sie ist nun bereinigt, darauf gebe ich Ihnen die Hand.«

Jetzt schlug der Eggstätter sofort ein. Er atmete auf. »Ja, ich glaube Ihnen. Nichts für ungut, dass ich zuerst so barsch war. Jetzt ist mir ein Stein vom Herzen gefallen!«

Erst als Severin wieder allein war, konnte er über alles so richtig nachdenken.

Warum nur hatte Barbara ihm kein Wort davon gesagt, dass sie verlobt war? Er hatte sie doch sogar noch gefragt, ob sie anderweitig gebunden sei! ›Genau wie Silvia‹, dachte er. ›Waren denn alle Frauen gleich?‹

Plötzlich erinnerte er sich an die beiden Briefe, die der Eggstätter mitgebracht hatte. Der eine war von seiner Mutter. Sie schrieb, sie freue sich, dass sie ihn wieder in der Heimat wisse, und dass er sich in den Bergen erhole, aber sie könne es nicht verstehen, weshalb er zu Hause vorbeigefahren sei, ohne auch nur auf eine Stunde einzukehren. Ob ihm denn jemand etwas zuleide getan hätte?

»Nein, nein«, lachte er grimmig vor sich hin. »Kein Mensch hat mir etwas zuleide getan. Ein Mädchen namens Silvia hat meinen Bruder geheiratet. Aus, Schluss!«

Der andere Brief war von seinem Freund Ralph Kirchhoff. Es war die Antwort auf den seinen. Severin zündete sich eine Zigarette an und machte es sich bequem. Er wollte diesen langen Brief mit Genuss lesen. Plötzlich, als er schon fast fertig war, zogen sich seine Brauen zusammen.

»Dass ich es nicht vergesse«, schrieb Kirchhoff noch so nebenbei. »Da gibt es ein Mädchen namens Barbara. Sie ist die Tochter unseres alten Freundes Eggstätter. Nimm dich ein wenig in Acht vor ihr. Sie ist ein hübsches Ding, und sie wird auch dir schöne Augen machen. Lass dich auf nichts ein, denn das führt nur zu Unannehmlichkeiten. Sie ist ohnehin schon längst einem dortigen Bauernburschen versprochen. Also, Vorsicht, falls es etwa nötig sein sollte ...«

Severin musste lachen. Hatte Ralph etwa dieselbe Erfahrung mit Barbara gemacht? Dabei hatte sie immer so getan, als hätte ihr noch nie ein Mann nahe gestanden. Er konnte ihr nicht einmal mehr richtig böse sein in dem Augenblick. Nur, diesen Brief hätte er etwas früher erhalten sollen, dann wäre ihm der unangenehme Auftritt des Eggstätters erspart geblieben.

An diesem Abend kam der Jäger Anderl, der Jagdheger des Herrn Kirchhoff, vorbei und fragte, ob er noch immer nicht Lust verspüre auf einen schönen Gamsbock oder Hirsch.

Doch, wirklich, Severin hatte jetzt Lust. Er lud den Jäger zu sich ins Haus. Sie tranken Zwetschgenschnaps und unterhielten sich über die Jagd, wobei Severin feststellte, dass der Mann sein Handwerk gründlich verstand.

Am nächsten Morgen, nein, da ginge es leider noch nicht, denn der Jäger hatte in der Stadt einen

Termin, eine Gerichtsverhandlung, bei der er als Zeuge aussagen musste. Aber am Tag darauf, um drei Uhr früh, würde er kommen und ihn abholen. Das, was es zu besorgen gab, schrieb er säuberlich in sein Notizbuch. Eine kurze Lederhose also, eine grüne Jagdjoppe und sonstiges, was Severin bei der Jagd brauchen würde.

Am nächsten Mittag brachte eine junge Arbeiterin vom Eggstätterhof Severin das Essen. Barbara ließ sich, wie von ihrem Vater angekündigt, von Stund an nicht mehr bei Severin blicken.

Severin und Anderl wanderten hinaus in die Nacht, die windstill war. Über den grauen Wänden funkelten am Himmel unzählige Sterne. Dann betraten sie den Wald, und man sah nichts mehr. Als er sich wieder lichtete und der Weg in ein Latschenfeld einbog, waren fast zwei Stunden vergangen.

Für einen Augenblick verhielten die beiden rastend. Zu ihren Füßen sahen sie die grauen Umrisse einiger Almhütten. Kühe mit leise bimmelnden Glocken tauchten für Augenblicke wie Schemen aus den feinen Morgennebeln heraus und verschwanden wieder darin. Lautlos kletterten die beiden Jäger zwischen den Latschen hinauf, bis sie einen Buckel erreicht hatten.

»Hier bleiben wir jetzt«, bestimmte Anderl. »Der Hirsch muss hier vorbeikommen, wenn er es sich nicht ausgerechnet heute anders überlegt hat.«

Severin war müde geworden von dem ungewohnten Steigen. Schwer atmend ließ er sich auf den Rasen nieder. »Wenn Sie vielleicht ein Stückchen weiter hereinrücken würden in die Latschen«, mahnte der Jäger. »Sonst blendet es den Hirsch, wenn er kommt.«

»Ach so«, lachte Severin und stellte einen Vergleich an zwischen der abgewetzten Buxe des Jägers und seiner eigenen neuen Lederhose, an der die Seidenstickereien hell glänzten.

»Da müssen Sie gelegentlich ein Bier drüberschütten oder Schweinefett drüberschmieren, damit sie zur Jagd taugt, die Lederhose. Überhaupt – wenn es erlaubt ist zu fragen: Haben Sie schon einmal auf dem Anstand gesessen?«

»Ich hab doch gestern schon gesagt, Anderl, dass wir zu Hause auch eine Jagd hatten.«

»Mein lieber Herr, eine Jagd im Flachland ist etwas ganz anderes.«

Severin schmunzelte. »Jedenfalls will ich mir Mühe geben, Ihnen möglichst keine Schande zu machen.«

Plötzlich reckte der Jäger den Hals und zupfte Severin aufgeregt am Ärmel. Ganz nahe an seinem Ohr zischte er: »Da, sehen Sie! Jetzt kommt er!«

Severin hob das Glas an die Augen und konnte nur mit Mühe einen Ruf des Staunens unterdrücken. Hoch aufgerichtet zwängte sich ein riesiger Hirsch mit einem ungemein ausladenden Geweih durch das gegenüberliegende Latschenfeld. Jetzt trat er heraus in die kleine Lichtung, verharrte, riss den Schädel empor und spitzte die Luser.

Die beiden Männer hielten den Atem an. Lautlos hob Severin das Gewehr. Das Tier schien die Gefahr nicht zu merken, in der es sich befand, der Hirsch senkte gerade den Kopf mit dem herrlichen Geweih, da krachte der Schuss ...

Ein Aufbäumen des Körpers, dann ein Sprung, und der Hirsch wandte sich zur Flucht. Über die grünen Latschenbüschel hinweg zuckten die braunen Griffe seines Geweihes.

Der Jäger sprang auf, krebsrot im Gesicht.

»Ich hab's doch gleich befürchtet, dass Sie den Hirsch verfehlen werden! Gibt es denn so was auch! Er ist doch ganz ruhig dagestanden! Wie kann man denn so ein Ziel nicht treffen?«

»Du täuschst dich, Anderl«, antwortete Severin. »Der Hirsch ist getroffen, und zwar gut getroffen.«

»Da bin ich wirklich neugierig!« Mit großen Sprüngen setzte der Jäger über die Graskuppe und verschwand in den Latschen.

Severin blieb zurück und sah um sich. Groß und schweigend dehnte sich ringsum das starrende Gewänd. Über allen Graten lag goldleuchtend das Licht der Morgensonne hingebreitet wie ein köstliches Diadem. Die feinen Nebel zerrissen überall, und auch die Tiefe lag nun völlig nebelfrei. Weit zerstreut lagen die Almhütten, oft wirkten sie wie an den Hang hingeklebt einem Schwalbennest gleich. Ihm schräg gegenüber, wo sich hinter einer breit auslaufenden Graskuppe eine Reihe verzerrter Wetterföhren gegen den immer heller werdenden Morgenhimmel abhoben, lag eine Almhütte, auf die in diesem Augenblick das ganze Licht der soeben aufgehenden Sonne niederzufallen schien. Die kleinen Fenster funkelten, als wären sie aus Gold.

Severin hob das Fernglas an die Augen und sah, wie sich drüben die Tür der Hütte öffnete. Ein Mädchen trat heraus, hob, wie von der Sonne geblendet, die Hand vor die Augen und ging dann zum Brunnen hin. Sie wusch sich Gesicht und Arme und lief dann, ohne sich abzutrocknen, wieder in die Hütte zurück.

Da drang plötzlich ein Ruf von seitwärts herüber. Severin wollte der Stimme nachgehen, da kam ihm aber der Jäger schon strahlend entgegengelaufen.

»Gratuliere, Herr Lienhart, zum ersten Hirsch in unserem Revier! So einen Schuss hab ich noch selten erlebt von einem Städter wie Ihnen!«

Zwischen Almrosenbüschen lag der Hirsch in einer kleinen Mulde. Severin besah sich den Einschuss. Wie hingezirkelt aufs Blatt. Erstaunlich, dass der Hirsch überhaupt noch so weit gekommen war mit dieser tödlichen Kugel im Leib. Ehrliche Jägerfreude leuchtete aus seinen Augen, und er fühlte sich in eine Stimmung hineingehoben, wie er sie schon lange nicht mehr gespürt hatte.

»Los jetzt, Anderl! Ich helfe Ihnen, den Hirsch aufzubrechen!«

Auch das hatte der Anderl bisher noch nicht erlebt. Die städtischen Jagdherren wollten außer ihrem guten oder schlechten Schuss für gewöhnlich nichts sehen, vor allem aber kein Blut. Der da war ganz anders. Kein Sonntagsjäger wie die meisten.

Dann aber riss Anderl die Joppe herunter, zog das Messer aus der Scheide und krempelte die Ärmel hoch. Severin tat dasselbe, und es dauerte gar nicht lange, da hatte seine nagelneue Lederhose schon nicht mehr den schönen Glanz, den Anderl bemängelt hatte.

Die Sonne war mittlerweile höher gestiegen, und es war schon fast Mittag, als die beiden, am ganzen Körper schwitzend, die Jagdhütte erreichten. Es handelte sich um einen fest gefügten Bau aus Baumstämmen, eingeteilt in drei Räume. Natürlich fehlte im Vergleich zum Jagdhaus Ludwigsruh jeder Komfort, aber dennoch war es gemütlich dort. Der Anderl machte gleich ein Feuer an, um die Hirschleber zuzubereiten. Und hatte Severin zunächst der Kochkunst des Jägers nicht ganz getraut, so aß er hernach doch wie ein Scheunendrescher und konnte sich nicht erinnern, dass ihm jemals im Leben ein Mahl so geschmeckt hatte wie dieses hier in der Jagdhütte mitten im Wald.

Danach legte sich Severin vor der Hütte in die Sonne, verschränkte die Arme hinter dem Kopf und blinzelte dösend in das Stückchen blauen Himmel hinauf, das durch die Lücken der Bäume zu sehen war. Nach einer Weile kam auch der Anderl, setzte sich auf die Bank vor der Hütte und begann die Gewehre zu reinigen. Severin bekam Lust zu einer Unterhaltung.

»Sind Sie eigentlich verheiratet, Anderl?«

Der Anderl lachte. »Ich habe noch keine Zeit dazu gefunden.«

»Keine Zeit – oder kein Mädchen?«

Severin zündete sich eine Zigarette an und warf dem Jäger das Etui zu, dass er sich ebenfalls eine herausnähme.

»Bin so frei.«

Anderl nahm eine Zigarette heraus, löste das Papier ab und stopfte den Tabak in seine kurze Pfeife. Das sei ihm lieber und bekömmlicher für ihn, meinte er und fügte dann hinzu: »Ja, mit den Mädchen, das ist so eine Sache. Unsereiner ist ja nicht gerade auf Rosen gebettet. Und dann bin ich den ganzen

Sommer fast immer hier oben am Berg. Wenn man ein Mädel hat, sollte man aber immer in ihrer Nähe sein können, sonst vergessen sie einen manchmal schnell wieder. Mir ist es schon einmal so gegangen, und seitdem lasse ich mir Zeit damit, eine andere zu finden.«

»Da sind Sie nicht der einzige, Anderl. Was ich fragen wollte: Die Eggstätter-Barbara kennen Sie doch auch?«

»Die Eggstätter-Barbara?« Der Anderl grinste ein wenig. »Die wäre nichts für mich, das heißt, ich wäre nichts für sie, schon aus dem Grund ...«, er machte mit Daumen und Zeigefinger die Geste des Geldzählens. »Überhaupt ist die Barbara schon längst mit einem anderen verlobt.«

»Das ist Ihnen also bekannt?«

»Das weiß doch das ganze Dorf, dass die Barbara Sixtenbäuerin wird!« Der Anderl fuhr mit seinem Wischstock durch den Lauf, kniff dann ein Auge zu und sah durch. »Ja, ja, nur Sie haben es wohl nicht gewusst.«

Severin fuhr mit dem Gesicht herum.

»Nein, das hab ich nicht gewusst, sonst ...« Er schwieg plötzlich und stand auf. »Sie haben die Barbara vielleicht einige Male bei mir gesehen, nehme ich an. Aber ich halte Sie für einen Kerl, der den Mund halten kann.«

»Ich sehe viel, was andere nicht sehen. Aber geredet habe ich noch nie darüber.«

»Verstehen Sie mich nicht falsch, Anderl. Es ist nicht meinetwegen. Ich möchte bloß nicht, dass dieser Sixten-Martin, oder wie er heißt, etwas davon erfährt.«

Der Jäger pfiff durch die Zähne. »Der Martin, ja, mit dem sollten Sie sich besser nicht anlegen. Wo der hintritt, da wächst kein Gras mehr. Es ist ein Glück, dass er nichts davon gemerkt hat, dass die Barbara mit Ihnen angebandelt hat.«

»Dann kann ich den Mann nicht verstehen, Anderl. Er hätte es doch merken müssen. Aber ich glaube dennoch, dass er etwas vermutet hat und dass er es war, der sich dann hinter den Eggstätter gesteckt hat. Der ist nämlich zu mir gekommen, um die Sache wieder in das richtige Geleise zu bringen. Ja, so war das. Aber das ist vorbei. Gestern noch habe ich mich geärgert, dass ich mich in eine so unangenehme Patsche habe bringen lassen, aber mein Jagdglück von heute und die ganze schöne Welt hier oben haben mich wieder mit allem versöhnt. Ich ärgere mich jetzt nur, dass ich nicht schon früher heraufgekommen bin, ich begreife es selber nicht, warum. Die Barbara hat es immer wieder verstanden, mich davon abzuhalten.«

Der Anderl grinste wieder. »Sie wird Angst gehabt haben, Sie könnten sich vielleicht in irgendeine Sennerin verlieben.«

»Dabei ist mir bis jetzt noch kein weibliches Wesen begegnet hier heroben.«

»Sie sind ja auch noch nirgends hingekommen«, erwiderte Anderl.

»Tu mir den Gefallen, Anderl, und sag du zu mir. Ich heiße Severin.«

»Ja, daran müsste ich mich erst gewöhnen.«

»Warum? Fällt denn das so schwer?«

»Es ist eben etwas ungewohnt für mich. Aber bei Ihnen ... bei dir werde ich mich sicher daran gewöh-

nen. Manchmal hat er mir schon Jagdgäste herausge-
schickt, mein Dienstherr, dass einem die Haare zu
Berge hätten stehen können. Ich erinnere mich an einen, dem hätte ich jeden Tag zweimal frisches
Quellwasser rauftragen sollen« – er deutete mit der
Hand in den Wald hinunter – »von der Quelle da
unten. Ja, zweimal im Tag, weil er sich kalt hat baden wollen. Dabei war er ein so miserabler Jäger,
dass es einem ganz anders hat werden können, aber
ein Mundwerk ... Andreas, bringen Sie mir sofort –
aber fix, fix! Nichts anderes hat man den ganzen Tag
von ihm gehört. Mit dem hab ich aber schnell
Schluss gemacht.«

Severin lachte. »Wie denn?«

»Ganz einfach. Ich bin auf Pirsch fortgegangen
und drei Tage nicht mehr heimgekommen. Wie ich
dann heimkam, war er verschwunden und hat mir
eine Nachricht hinterlassen. ›Ich werde Ihr unkor-
rektes Verhalten Herrn Kirchhoff melden –‹ Gemel-
det hat er es auch, aber der Herr Kirchhoff hat mir
keinen Vorwurf gemacht. Der kennt seine Pappen-
heimer schon.«

»Ja, das glaube ich auch. Nun, Anderl, ich glaube,
dass wir zwei aber ganz gut miteinander auskommen. Übrigens, was sind das für Almhütten, die man
von hier aus sieht?«

Der Anderl nannte sie der Reihe nach. Er wusste
auch genau, wo es sich einzukehren lohnte, und wo
man am besten vorbeiging.

»Heute morgen, Anderl, als du dem Hirschen
nachgestiegen bist, da hab ich rechts von unserm
Standplatz aus, fast schräg gegenüber, eine Almhütte
gesehen ...«

»Richtig, das ist dem Eggstätter seine. Da ist die Johanna droben.«

»War sie nicht früher in der Stadt, diese Johanna? Ich glaube, der Eggstätter hat einmal so etwas gesagt.«

»Ja, das hat schon seine Richtigkeit. Sie ist erst seit zwei Jahren wieder hier.« Anderl schaute auf die Uhr. »Hoppla, jetzt wird es Zeit, dass ich mich auf die Abendpirsch mache. Willst du vielleicht mitkommen?«

»Nein, für heute reicht es mir. Vielleicht, dass ich mich in der näheren Umgebung noch ein wenig umsehe.«

»Ja, geh doch zur Eichmoosalm rüber. Die Leni soll dir einen guten Schmarrn kochen. Sag einfach, dass ich dich geschickt habe.«

Severin hatte aber nicht das Bedürfnis nach Essen. Es wären notfalls ja auch noch Reserven im Hüttenkeller gewesen. Aber er nahm sich nur eine Flasche Bier heraus.

Danach wanderte er auf einsamen Wegen hügelauf, hügelab, stieg über Almzäune und zog jedesmal gewissenhaft das Gatter hinter sich zu.

Später saß er dann lange Zeit auf dem hölzernen Steg, der über eine Klamm führte, in dessen Tiefe ein wildes Gebirgswasser donnerte. Ein kühler Hauch wehte aus der Tiefe herauf, das stürzende Wasser sprühte eine feine Dampfwolke auf und erfüllte mit seinem dumpfen Rauschen den engen Talkessel.

Severin wunderte sich, dass man über diese gefährliche Stelle nur einen solch schmalen Steg gebaut hatte. Freilich, er war aus festen Balken zusammengefügt mit einem Geländer auf der einen Seite. Aber die andere Seite war nicht abgesichert, und in der Dunkelheit hatte ein Fehltritt wohl den sicheren Tod zur Folge. Für gewöhnlich wurde dieser Weg wohl auch nicht benützt. Touristen und andere Berggänger hielten sich grundsätzlich an die markierte Route. Und doch zeigten am Rand der Schlucht ein paar einfache Holzkreuze, dass an dieser Stelle schon mehr als einmal jemand abgestürzt war. Severin schauderte unwillkürlich bei dem Gedanken und blickte in die Tiefe.

Ringsum war schon alles Licht nahezu erloschen. Die hohen Bäume standen schweigend und schwarz um ihn herum. Severin sehnte sich plötzlich nach Helligkeit und Licht und stieg schnell aufwärts, bis der Wald sich lichtete und sich ein Almfeld vor ihm ausbreitete. Auf den Bergspitzen tanzte noch das Feuerspiel der niedergehenden Sonne, doch alle Hänge waren schon von blauen Schatten bedeckt. Er dachte, dass der Jäger vielleicht schon zurück sein könnte, und schlug den Weg zur Jagdhütte ein.

Da hörte er plötzlich Schritte. Die Steinrinne herab kam ein Mädchen.

Severin blickte auf, sagte »Guten Abend«, und sie neigte kaum merklich den Kopf. Für Sekunden waren sich ihre Augen begegnet, dann war sie an ihm vorüber. Unwillkürlich schaute er sich nach ihr um. In diesem Augenblick tat sie dasselbe. Aber sie blieb nicht stehen wie er, sondern ging gleich weiter. Ihr Haar war blond und locker. Sie trug es, ganz im Gegensatz zur üblichen Haartracht des Tales, in einem Nackenknoten verschlungen. Fest und ruhig war ihr Schritt, und auch jetzt, da sie den gegenüberliegenden Hang emporstieg, verlangsamte er sich nicht.

Ganz langsam ging Severin weiter. Von der Eichmoosalm klang Lachen und Zitherspiel herüber. Einen Augenblick besann sich Severin, aber dann ging er weiter. In diesem Augenblick war ihm gar nicht danach zumute, unter fröhlichen Menschen zu sein. Daran war vielleicht gar nicht diese Begegnung schuld, nein, das Alleinsein an diesem Abend hatte ihn berührt wie eine Zauberhand. Er spürte in seinem Inneren eine Veränderung. ›Schaffen!‹, schrie es in ihm. ›Arbeiten! Formen! Gestalten!‹ Und mit einem Male erkannte Severin, dass er im Begriff war, wieder zurückzufinden zu seinem eigentlichen Ich, erkannte, dass er wie ein fremder Mensch durch seine Tage gegangen war, und dass sein Leben unausgeglichen war, weil dieser Drang zum Gestalten ihm so lange gefehlt hatte.

Drunten im Jagdhaus Ludwigsruh stand der Tonklotz unberührt, ein halbfertiges Modell mit grauem Tuch verdeckt, und er stand nun hier in der Nacht, mit leeren Händen, aber glücklich und voller Erwartung auf das, was er daraus erschaffen würde. ›Nun bekommt mein Leben wieder Sinn und Bedeutung‹, dachte er. ›Ade, du frisch-fröhliches Jägerleben! Ade, du treulose Barbara! Leb wohl, du schönes fremdes Mädchen!‹ Severin Lienhart hatte sich wiedergefunden.

4

Am nächsten Morgen blieb Severin unter der Tür
der Jagdhütte stehen wie von einem Zauber berührt.
Der Jäger Anderl stand mit bloßem Oberkörper unter dem eiskalten Brunnenstrahl und ließ das Wasser
über seinen Rücken plätschern. Dann hielt der Jäger
ganz still, streckte die Arme hoch und ließ das Wasser an sich abrinnen.

Severin war es, als sehe er dieses Bild, das er gerade sah, in Marmor neben denen stehen, die er auf
seiner Italienreise gesehen hatte. Das war es, merkte
er auf einmal, was er erschaffen wollte: Ein Werk,
das neben diesen Meisterwerken bestehen konnte,
eines, das der Betrachter ganz automatisch einem
antiken Künstler zuordnen würde und dann ganz
erstaunt darüber wäre, dass es in heutiger Zeit entstanden war!

»Einen Augenblick! Bleib so stehen, Menschenskind, rühr dich nicht vom Fleck!« Severin machte
ein paar Schritte vor und kniff die Augen zusammen, legte den Kopf zur Seite, er atmete kaum.

Dem Jäger kam diese Situation wohl ziemlich al-
bern vor, doch er blieb gehorsam so stehen, wie er
war. Doch dann musste er lachen. Da zerbrach das
innere Bild, der Bann war gebrochen und Severin
kehrte wieder auf den Boden der Tatsachen zurück.
Der Jäger trocknete sich ab und schlüpfte in seine
Kleider, die neben ihm am Boden lagen.

»Du musst mir unbedingt Modell stehen, Anderl!«

Der Anderl fuhr sich mit gespreizten Fingern durch die nassen Haare. »Bist du denn ein Maler?«

»Nein, Bildhauer. Anderl, du musst mir helfen, das Material heraufzuschaffen, ich möchte dich modellieren.«

Anderl wusste nicht recht, ob er sich nun geschmeichelt fühlen oder verlegen werden sollen. »Aber warum mich?«, fragte er schließlich. »Ich bin doch auch nicht anders gewachsen als andere Männer?«

»Ich sehe bereits klar und deutlich vor mir, wie ich es machen will, und du musst mithelfen, Anderl«, schwärmte Severin, ohne darauf einzugehen. Seine Augen leuchteten vor Begeisterung über das, was da vor seinem inneren Auge entstand. »Zwei oder drei Stunden am Tag musst du dir freinehmen und mir Modell stehen. Deine Rehböcke laufen dir deshalb nicht davon. Na ja, jedenfalls werden sie wiederkommen ...«, fügte er hinzu, da er das Komische an der Vorstellung bemerkte, die Rehböcke würden von nun an geduldig stehen bleiben und auf Anderl warten, während dieser ihm Modell stand.

»An mir soll es nicht liegen, wenn du meinst ...«, sagte Anderl zögernd, aber doch ein bisschen geschmeichelt von der Vorstellung, als Vorbild für ein Kunstwerk zu dienen.

Und so geschah es dann auch. Täglich arbeitete Severin nun in den frühen Morgenstunden, und Anderl stand ihm Modell. Geduldig verharrte der Jäger vor ihm in der unbequemen Pose eines Mannes, der sich mit einer Schöpfkelle Wasser über den Kopf gießt: den rechten Arm mit der Kelle über den Kopf erhoben. Severin wollte ihn so abbilden, dazu die Augen geschlossen und das Gesicht leicht verzogen, wie man es unwillkürlich macht, wenn das kalte Wasser einem vom Kopf über den Rücken zu laufen beginnt. Damit Severin den richtigen Gesichtsausdruck festhalten konnte, musste Anderl sich unzählige Male mit Wasser übergießen, während Severin eifrig bemüht war, den Gesichtsausdruck so zu skizzieren, wie er ihn sich für das fertige Werk vorstellte.

Er schrieb an seinen Freund Ralph Kirchhoff, der ihm den passenden weißen Marmor verschaffen sollte, voller Enthusiasmus über seine neu erwachte Schaffensfreude, und bat diesen eindringlich, sich so schnell wie möglich darum zu kümmern.

Eines Abends kam Severin dann, ohne dies wissentlich geplant zu haben, an der Eggstätteralmhütte vorbei. An den kleinen Fenstern blühten blutrote Fuchsien, deren Blüten sich leicht im Winde bewegten. Vier Stufen führten hinauf zur Hüttentüre, die nur angelehnt war. Auf der ersten Stufe stand ein Paar Holzpantoffeln, und auf der letzten lagen ein paar Fichtenzweige. Auf einer Stange unter dem weitvorspringenden Dach hingen ein paar Milchtücher und ein rotkarierter Kittel, und auf der Bank war das blitzblank gescheuerte Milchgeschirr zum Trocknen aufgestellt.

Alles machte schon von außen einen Eindruck von Behaglichkeit, und Severin spürte nicht wenig Lust, einzutreten. Aber es war schon sehr spät, und er hatte ohnehin noch ein gutes Stück zu gehen. Schon wollte er weitergehen, als er in der Hütte eine singende Stimme vernahm, ganz dunkel und verträumt. Er verhielt den Schritt. Im selben Augenblick wurde die Tür ganz geöffnet. Ahnungslos trat ein Mädchen heraus und verstummte, als es den fremden Mann sah, der um diese späte Stunde so regungslos vor ihrer Hütte stand.

Da erkannte Severin das Mädchen, das ihm eine Woche zuvor auf dem Steinweg begegnet war. ›Das also ist Johanna‹, dachte er, und er begriff in diesem Augenblick, dass er dies damals schon geahnt hatte. Er besann sich auf seine Manieren, wünschte ihr einen guten Abend, und sie lächelte ihn nun an. Auch sie hatte ihn wohl wiedererkannt.

›Ist dieses Mädchen schön‹, dachte er ergriffen. Ihr Gesicht war ebenmäßig, fast ein wenig streng in den Linien. Nun stieg sie die Stufen herab. Sie standen voreinander, und beide ahnten in dieser Sekunde, dass das Schicksal sie zueinander geführt hatte.

Der Fahrer des Lieferwagens fluchte und schimpfte über diesen verrückten Menschen, der sich einen solchen riesigen Steinblock schicken ließ. Wie konnte man denn bloß so vernagelt sein? Lagen nicht genug Felsbrocken in der Gegend herum? Nein, weiß musste er sein, und so schwer, dass man ihn kaum den Berg hinaufbekam!

Severin hatte das Einfahrtstor schon weit geöffnet und erwartete die kostbare Fracht, die der Fahrer so wenig zu würdigen wusste. Nun war er da, der Stein, dem er Leben einhauchen wollte. Liebkosend glitten seine Augen über den weißen Marmor hin.

Es war noch ein schweres Stück Arbeit, ihn so auf die Terrasse zu bringen, dass er gleich richtig stand. Ins Innere des Hauses konnte man mit diesem Koloss auf keinen Fall. Severin hatte sich schon alles genau überlegt. Die Terrasse war überdacht, es war eine Kleinigkeit, an der Seite noch Glas anbringen zu lassen, und schon hatte er ein Atelier, um das ihn die Größten seiner Gilde beneiden könnten. Nun hielt ihn nichts mehr. Am ersten September wurde die große Kunstausstellung in der Stadt eröffnet, bis dahin könnte er sein Werk vollendet haben. Unverzüglich begann er mit der Arbeit.

Severin und Johanna wussten sich an jenem ersten Abend kaum etwas zu sagen, und doch spürten beide, dass diese Begegnung ihr Leben verändern würde. Severin hatte kein Wort davon gesprochen, dass er wiederkommen wollte, aber Johanna wusste, dass es so sein würde.

Und so war es auch. Mitten im rastlosen Schaffen fiel Severin immer wieder unvermittelt Johanna ein. Dann stand er da und ließ seine Gedanken über den Berg hinaufwandern. Nun begriff er auch, warum Barbara so darauf bedacht gewesen war, dass er keine Besuche auf den Almen machen solle. Sie hatte geahnt, dass Johanna ihr eine ernst zu nehmende Konkurrenz sein würde.

Wenn das Fieber des Schaffens Severin zu verlassen begann, brach er seine Arbeit ab und ging den Berg hinauf zu Johanna. Als er das erste Mal kam, sagte er wie zur Entschuldigung: »Da bin ich also wieder. Ich hoffe, dass ich nicht störe.«

»Ich wusste, dass Sie kommen würden«, antwortete Johanna so ruhig und selbstverständlich, dass er nur darüber staunen konnte.

Und er kam immer wieder. Sie sagten bald ›du‹ zueinander, ohne dass es dazu eines besonderen Anlasses bedurft hätte. Sie mussten es einfach tun, weil jede Höflichkeitsformel fremd gewirkt hätte.

Als er zum ersten Mal ihre Hand nahm, zierte sie sich nicht, sondern umschloss ganz fest auch die seine. Wie ein stummes Gelöbnis war es, und niemand sah es als der Abendstern, der einsam über den Bergen blinzelte.

Wenn er von seiner Arbeit sprach, konnte sie sich zwar nichts darunter vorstellen. Für sie war Arbeit das, was sie aus dem Alltag kannte: das Säen, das Ernten in der Gluthitze des hohen Sommers. Hierin sah und erkannte sie den Sinn der Arbeit und Pflichterfüllung.

Dennoch fand sie es schön, Severin von seiner Arbeit sprechen zu hören. Er tat es mit einer solchen Leidenschaft, dass sie nicht umhin konnte, dieser Arbeit Bewunderung zu zollen.

Als ihn einmal an einem Abend sein Werk nicht losließ und er nicht wie gewohnt zu ihr kam, krampfte sich ihr Herz in Angst zusammen. Am nächsten Abend aber kam er wieder, wie sonst auch. Viel schneller als sonst war sie da mit ihrer Arbeit fertig und setzte sich zu ihm.

Da geschah etwas ganz Unerwartetes. Aus freien Stücken umschloss sie mit beiden Händen seine Hand und sah ihm in die Augen. »Ich hab schon Angst gehabt, es sei alles wieder zu Ende.«

»Aber was denn, Johanna? Schau, ich konnte einfach nicht aufhören gestern, es ließ mich nicht los, dieses Stück Marmor! Ich kann und darf dann nicht einfach aufhören. Hast du mich so sehr vermisst?«

Hätte sie es noch zugeben müssen? Genügte nicht schon das, was sie gesagt hatte? So sagte sie ganz leise: »Alles ist gut und schön, Severin, wenn du da bist.« Nach einer kurzen Pause fragte sie: »Lebt deine Mutter denn noch, Severin?«

Er schaute sie verwundert an. »Ja, Johanna, wie kommst du darauf?«

Sie nahm ihre Hände wieder zurück und faltete sie im Schoß. »Eine gute Frau muss sie sein, Severin, deine Mutter, weil du auch so gut bist.«

Das hatte ihm bisher noch niemand gesagt, aber er dachte: ›Wenn man einen Menschen recht lieb hat, dann ist Gutsein nicht schwer.‹ »Aber das kannst du ja gar nicht wissen, Johanna.«

»O doch, das fühlt man.«

Dann schwiegen sie wieder. Aus dem Almgrund herauf läuteten leise die Glocken der Rinder. Drüben aus dem Wald traten scheu ein paar Rehe. Sie hoben die Köpfe und schauten herüber zur Hütte. Der Abendstern aber stand wieder schräg über der Hütte, als wollte er fragen: ›Seid denn ihr zwei da unten immer noch nicht weitergekommen?‹

Nein, sie waren über Händehalten und freundliche Worte noch nicht hinausgekommen.

Als der Wind seinen Atem kälter in die Dunkelheit zu blasen begann, stand Johanna auf, streifte die Schürze glatt und sagte wie gewöhnlich: »Schlafenszeit für mich, Severin. Komm gut heim.«

»Ja, Johanna.« Er reichte ihr die Hand. »Schlaf gut.«

»Du auch, Severin. Gute Nacht!«

»Sag, Johanna, freust du dich, wenn ich morgen wiederkomme?«

Sie stand jetzt dicht vor ihm. Er spürte ihren warmen Atem um seine Schläfe.

»Fühlst du es denn nicht, wie es mich freut?«

»Doch, doch«, sagte er und wandte sich zum Gehen.

»Severin«, rief sie dann doch noch leise. »Komm her, ich habe etwas vergessen.«

Er wandte sich noch einmal um, und sie legte beide Hände um sein Gesicht und küsste ihn auf den Mund. Dann machte sie sich los von ihm, trat in die Hütte und schob den hölzernen Querbalken vor.

Severin stand kurze Zeit starr und stumm in der Nacht. Dann wandte er sich langsam um und ging. Alles, was zuvor gewesen war, erschien ihm plötzlich klein und unbedeutend. Auch die Wunde, die Silvia ihm geschlagen hatte, brannte nicht mehr, und es schien unbegreiflich, dass er sich jemals ihretwegen so gequält haben sollte.

Er hätte die ganze Welt umarmen können. Er lief mehr, als er ging, erst als er in die Nähe der Schlucht kam, verlangsamte sich sein Schritt.

Das Wasser donnerte in der Tiefe noch lauter als am Tage. Rabenschwarze Nacht umhüllte ihn, und er setzte nur langsam Fuß vor Fuß und streckte tastend die Hände aus, um den Steg nicht zu verfehlen. Jetzt noch drei Schritte. Seine Hand fasste das Geländer. Es war ein unheimliches Gefühl, in der Dunkelheit über diese Schlucht zu gehen. Mit einer Hand hielt er sich krampfhaft am Geländer fest, die Füße tasteten zögernd jeden Schritt ab. Nach einer Zeit, die ihm endlos erschien, war er schließlich heil und unversehrt drüben angekommen und schritt erleichtert wieder rasch aus.

Das Licht brannte danach die ganze Nacht auf der Terrasse. Severin hatte sich ein paar starke Scheinwerfer besorgen lassen, damit er auch nachts ungehindert arbeiten konnte. Hell klang das Eisen in der Stille. Erst als das erste Grau des aufdämmernden Tages zaghaft durch die Baumwipfel kroch, legte er erschöpft Hammer und Meißel weg und legte sich schlafen.

Auf der Alm hingegen erhob sich hinter dem Zaun ein Schatten, kaum dass Severin in der Dunkelheit verschwunden war, und ging auf die Hüttentüre zu. Dieser Mensch musste sich hier auskennen, denn er ging direkt auf das kleine Fenster auf der Ostseite zu und klopfte daran.

»Mach auf, Johanna!«

Hinter dem Fenster blieb es ruhig, aber der Mann pochte mit dem Knöchel noch einmal so nachdrücklich an die Scheiben, dass sie klirrten. Es dauerte auch danach noch eine Weile, doch dann wurde die Tür geöffnet. Der Mann trat ein und zog die Tür hinter sich zu. »Ich habe schon gedacht, du machst nicht auf.«

Johanna stand mit steinernem Gesicht neben dem Herd. »Du bist der Sohn meines Dienstherrn, dem darf ich den Eintritt nicht verwehren.«

Der Eggstätter-Lukas lachte trocken auf.

»Wie sich das anhört! Der Sohn von meinem Dienstherrn! Kannst denn du mit mir überhaupt nicht anders reden?«

»Nein!«

»Aber mit dem anderen da, da kannst es gut. Freilich, er ist ja auch was Besseres als unsereins.«

Johanna wich einen Schritt zurück ins schützende Dunkel, weil Lukas plötzlich so nahe herangekommen war.

Ganz im Hintergrund der Stube führte eine Stufe in eine kleine Kammer, in der ihr Bett und ein paar andere Einrichtungsgegenstände waren. Dort war ihr Reich, und sie würde sich mit allen Kräften wehren, wenn Lukas etwa vorhatte, in diesen Raum vordringen zu wollen.

»Im Kasten ist Brot, Milch steht im Keller. Das Licht lasse ich dir hier, und wenn du übernachten willst, im Heu droben ist Platz. Du weißt ja Bescheid«, sagte sie mit steinerner Ruhe.

Seine Augen funkelten plötzlich voller Zorn. »Johanna, lass das dumme Geschwätz! Du weißt ganz gut, warum ich komme! Es ist nicht das erste Mal und ...«

»Wird auch nicht das letzte Mal sein«, unterbrach sie ihn mit scharfer Stimme. »Ich weiß es. Und ich frage dich, was du damit eigentlich bezwecken willst? Ich hab dir schon oft genug gesagt, dass mir an dir nichts liegt.«

Lukas ließ sich auf der Herdmauer nieder. Das war ja lächerlich! War er nicht hier der Herr oder wenigstens der kommende Herr? Brot und Milch bot sie ihm an und zum Schlafen ein Lager im Heu. Sie, die Magd, die froh sein müsste, wenn er überhaupt zu ihr kam! Ihr Hochmut war wahrhaftig grenzenlos.

Doch er wusste, dass er bei ihr mit Grobheit nichts zu gewinnen hatte. Darum versuchte er es auch diesmal wieder mit Freundlichkeit und guten Worten.

»Johanna, merkst du es denn immer noch nicht, dass ich dich gern habe? Warum, glaubst du, mache ich denn sonst den weiten Weg?«

»Du kannst dir den Weg sparen, Lukas«, erwiderte sie schroff. »Es ist schade um jedes Wort, das wir miteinander reden. Ich will mich jetzt endlich schlafen legen.«

Jäh sprang er auf und stand dicht vor ihr.

»Ich sag dir's im Guten, Johanna! Behandle mich nicht wie einen hergelaufenen Handwerksburschen! Bin ich dir denn gar nichts?«

»Doch«, sagte sie immer noch ruhig. »Du bist für mich der Sohn meines Bauern, der Eggstätter-Lukas. Nicht mehr und nicht weniger. Das solltest du dir endlich einmal merken. Seit ich bei euch bin, rennst du mir heimlich nach und sagst mir, dass du mich gern hättest. Aber du hast dich geschämt, auf der Kirchweih offen und ehrlich mit mir zu tanzen. Was soll denn das für eine Liebe sein? Dein Vater darf nichts merken, niemand soll es wissen, alles soll heimlich sein und im Dunkeln geschehen. Aber dafür bin ich nicht zu haben, Lukas Birkner, merk dir das ein für allemal!«

»Aber für den hergelaufenen Kerl bist du für alles zu haben!«, schrie er, heiser vor Wut und Eifersucht. »Da hast du Freundlichkeit und Liebe! Da kannst du stundenlang bei ihm sitzen, und er braucht bloß etwas zu sagen, dann kannst schon lachen! Ja, glaubst denn du vielleicht, dass der dich heiratet? Sei nur nicht gar so hoch droben, sonst fällst du so weit runter wie dein Herr Vater! Hochmut kommt vor dem Fall, das ist ein altes Sprichwort. Sei gescheit, Johanna, und lass dir sagen ...«

»Ich will nichts mehr hören von dir! Geh, sag ich! Geh auf der Stelle!«

»Nein, jetzt bleibe ich erst recht!« Er fasste sie bei den Händen. »Das wäre ja lachhaft, wenn so einer mich ausstechen könnt. Dem leuchte ich demnächst einmal heim, dass ihm Hören und Sehen vergeht! Darauf kannst du Gift nehmen.«

»Lass mich los!«

Er sah die Angst in ihren Augen, er fühlte ihre Abwehr. Aber das stachelte ihn erst recht auf. Mit einem heftigen Ruck riss er sie an sich. Herrisch suchte sein Mund den ihren. Aber weit bog sie den Kopf zurück. Angst und Ekel schnürten ihr die Kehle zusammen, und sie bemühte sich, ihn von sich zu stoßen.

Sie rangen miteinander, und Johanna erkannte mit Entsetzen, dass ihre Kraft gegen die entfesselte Leidenschaft des Burschen bald erlahmen musste. Mit letzter Kraft riss sie den eisernen Kerzenleuchter an sich, hob den Arm und drosch den schweren Leuchter mitsamt der darin flackernden Kerze mitten in Lukas' Gesicht.

Das Licht erlosch, der Mann ließ sie los und taumelte fluchend zurück. In der Dunkelheit sprang sie die Stufe hinauf in ihre Kammer, schlug die Tür zu und schob den Riegel vor. Mit fliegendem Atem stand sie mit dem Rücken gegen die Tür gelehnt, und plötzlich warf sie die Arme vor das Gesicht und begann zu weinen.

Keuchend taumelte draußen der Lukas durch die Dunkelheit des Hüttenraumes. Er spürte einen brennenden Schmerz über dem linken Auge und fühlte, wie das Blut ihm warm den Hals hinablief.

Er tappte ins Freie hinaus und versuchte am Brunnen das Blut zu stillen. Erst nach einer langen Zeit hörte Johanna ihn davongehen. Seine Nagelschuhe klapperten auf dem steinigen Weg wie Hammerschläge. ›Vielleicht‹ – dachte sie – ›vielleicht hab ich jetzt endlich Ruhe vor ihm.‹

Der Jäger Anderl war nicht so begeistert von Severins Wandlung. Er sprach einmal bei Johanna vor und meinte: »Da hat mir der Herr Kirchhoff endlich einmal einen raufgeschickt, der tatsächlich auch ein guter Jäger ist. Und was macht der jetzt? Er sitzt den ganzen Tag im Jagdhaus drunten und schlägt an einem Stein herum, als hinge seine ganze Seligkeit davon ab. Und Jagd lässt er einfach Jagd sein. Also, so etwas verstehe ich nicht.«

Johanna hatte ihm aufmerksam zugehört. Ein leises Lächeln spielte um ihren Mund.

»Mir scheint, er gefällt dir, der Severin?«

»Der ist schon in Ordnung, Johanna. Wenn ich dran denke, was sie mir schon manchmal für Exemplare raufgeschickt haben. Weißt du noch, wie der kleine Dicke im vorigen Jahr euren rotscheckigen Pinzgauer Stier für eine Kälberkuh gehalten hat? Da ist der Severin schon ganz ein anderer Kerl. Bloß dass er die Jagd ganz vergisst, das kann ich nicht begreifen. Aber morgen muss er mit mir rauf. Den schönen Sechserbock darf er sich nicht auskommen lassen. Ich meine, das ist mehr wert als so ein toter Stein.«

»Ich glaube, Anderl, das verstehen wir beide nicht, das mit dem Stein. Es ist eine andere Welt, in der er lebt.«

Der Jäger schaute sie aufmerksam an. Bis sie ihn fragte: »Warum schaust du mich denn so an, Anderl?«

»Ich weiß es selber nicht, Johanna, aber du kommst mir anders vor als sonst immer. Hab ich früher keine Augen im Kopf gehabt, oder hast du dich wirklich verändert?«

»Wie denn verändert?«

»Ja, wenn ich das so sagen könnte! Ich meine, deine Augen, die sind viel heller jetzt, und dann, früher hast du so selten gelacht!«

Sie stand auf und lachte herzhaft, so wie er es an ihr noch nie erlebt hatte. »Das bildest du dir nur ein«, sagte sie und dachte dabei: ›Ja, ich fühle es selber, wie ich mich verändert habe, seit ich diesen Mann getroffen habe.‹ Ihr erster Gedanke beim Erwachen war Severin, und sie schlief nicht ein, ohne dass ihre Lippen noch einmal seinen Namen flüsterten. Es war wie ein Rausch, der alles übertönte, auch diese hässliche Stunde mit dem Eggstätter-Lukas in der vergangenen Nacht.

5

Dem Jäger Anderl war es tatsächlich gelungen, Severin von seiner Arbeit wegzulocken. Er hatte ihm den Sechserbock so schmackhaft gemacht, dass Severin nicht mehr widerstehen konnte, so glaubte er. Im Grunde genommen war es aber eher so, dass dieser dem gutmütigen Anderl die Freude nicht verderben wollte und sich ihm zuliebe gewaltsam von der Arbeit losriss.

Gleich nach Mittag machten sie sich auf den Weg. Die Luft war drückend schwül, und der Jäger sprach die Befürchtung aus, dass noch ein Gewitter kommen könnte. Aber bis zum Abend mochte es vielleicht schon wieder vorbei sein.

Sie kürzten den Weg ab und gingen über die Schlucht. Der Jäger überquerte den schmalen Steg, als ginge er auf ebener Straße, während Severin wie immer das Geländer in Anspruch nahm. Mitten auf dem Steg blieb der Jäger stehen und sah in die Tiefe. Dabei deutete er auf eines der beiden Holzkreuze am Schluchtrand.

»Den einen hab ich gut gekannt, der da hinuntergestürzt ist«, sagte er.

»Man müsste den Steg entschieden breiter machen«, meinte Severin. »Wenn da einer nicht schwindelfrei ist, braucht es einen gar nicht zu wundern ...«

»Nein, der hat in der Dunkelheit den Steg verfehlt und ist abgestürzt. Das konnte man anhand der

Spuren herausfinden, von ihm selbst hat man nie wieder etwas gesehen. Das Wasser wird ihn fortgetragen haben.«

Im Weitergehen erzählte Severin, dass er einmal daheim auf Gut Hermannshagen einen Menschen vor dem Ertrinken habe retten können. Der Mann wäre unweigerlich verloren gewesen, denn er trieb schon auf das Mühlenwehr zu. Severin habe es aber geschafft, ihn mit Hilfe einer langen Holzstange ans rettende Ufer zu bugsieren.

Dem Jäger fielen darauf ebenfalls Erlebnisse ein, in denen er Menschen aus Lebensgefahr hatte retten können, und so schien ihnen die Zeit, bis sie zur Jagdhütte kamen, sehr kurz. Das Wetter wollte dem Anderl aber nach wie vor nicht recht gefallen. Hinter dem Rießkogel trieb eine pechschwarze Wolkenbank genau in ihre Richtung. Einmal fuhr ein greller Blitz aus einer Wolke und stand für ein paar Sekunden wie ein brennender Strich über der Felsenwand.

»Teufel, Teufel! Hoffentlich geht das bald vorbei! Sonst hab ich dich umsonst mit raufgelotst.«

Severin stand unter dem vorspringenden Dach der Hütte und genoss dieses herrliche Schauspiel der Natur, das sich allmählich in seiner ganzen Großartigkeit abzeichnete.

»Mach dir nichts draus, Anderl. Wenn es heute nicht geht, dann eben morgen früh. Sieh doch einmal, wie eindrucksvoll dieses Wolkengebilde ist! Man sieht den Schwefel direkt darin leuchten.«

Der Anderl brummte etwas vor sich hin und ging in die Hütte. Er konnte nicht verstehen, wie man sich für so etwas auch noch begeistern konnte. Eine volle Woche lang hatte er auf den Tag gewartet, wo er den Herrn an den Bock heranführen könnte! Und jetzt, wo es endlich soweit gewesen wäre, musste dieses verwünschte Gewitter kommen!

Die Stille war nun fast mit Händen zu greifen. Auch die Vögel waren verstummt, die Bäume standen reglos in der unbewegten Luft. Hinter dem Gebirge donnerte es jetzt herauf. Die gelbe Wolke wuchs immer mehr heran, sie verschlang das letzte Sonnenlicht. Dann brach unvermittelt der Sturm los, und nun schlug endlich auch der Regen nieder.

»Gute Nacht, Sechserbock!«, sagte der Anderl mit so grimmiger Ironie, dass Severin hellauf lachen musste.

»Mach dir doch nichts draus, Anderl! Der Bock läuft uns ja nicht weg. Vielleicht hört es noch auf bis zum Abend.«

»Das sieht mir aber nicht so aus. Wenn mich nicht alles täuscht, schüttet es auf jeden Fall noch die ganze Nacht lang.«

Wie mit tausend Hämmern trommelte der Regen nun auf das Schindeldach der Hütte. Der Sturm rüttelte an den Fensterläden, und einmal ging es wie ein dröhnender Schlag durch die ganze Hütte. Der Anderl rannte hinaus, um nachzusehen, was geschehen war, und da stand unweit der Hütte wie eine riesige brennende Fackel ein dürrer Wetterbaum, in den der Blitz eingeschlagen hatte. Doch durch den Regen bestand keine Gefahr, dass das Feuer sich bis zur Hütte ausbreiten würde.

Der Jäger hatte Recht. Es sah wirklich nicht so aus, als ob sich hinter dem Gewitter der Himmel wieder aufklaren würde. Der Sturm trieb die dunklen Wolken zwar rasch vorüber, aber dahinter dehnte es sich endlos grau, und der Regen prasselte gleichmäßig und unaufhörlich nieder.

Durch diesen Regen ging Severin zur Eggstätteralm. Er hatte sich einen Regenmantel von Anderl angezogen und schritt rasch aus. Einmal sprang, erschreckt von seinem Schritt, ein Kälbchen aus den schützenden Zweigen einer niederen Fichte und gesellte sich zu der Herde von Rindern, die mit hängenden Köpfen am Gatter zusammengedrängt standen.

Nein, bei diesem Wetter hatte Johanna ihn nicht erwartet. Sie hatte gerade ihre Arbeit beendet, als sie draußen seinen Schritt hörte. Einen Augenblick stand sie ganz still, sie spürte, wie alles Blut nach ihrem Herzen strömte. Dann ging sie ihm entgegen.

Sie hatte ihn noch nie in ihre Kammer geführt. Heute tat sie es. Beide mussten sie sich bücken, als sie durch die Tür traten. Und auch drinnen streiften ihre Köpfe dicht unter der hölzernen Decke hin. Johanna machte Licht und zog die Fensterläden zu. Severin sah sich neugierig in dem Raum um. Wie behaglich das alles wirkte! In der Ecke stand ein niederes Bett mit blaugewürfelter Wäsche. Vorne war ein kleiner Tisch, um den sich eine Bank mit einer Lehne zog. In den Ecke hing ein geschnitztes Kruzifix, das mit Latschen und Almrosen geschmückt war.

Johanna bereitete ihm ein Abendbrot. Das Licht der Lampe fiel auf ihr Haar, und Severin bedauerte, dass er keine Skizze von ihr machen konnte.

»Johanna, erzähle mir einmal etwas von dir.«

»Von mir? Da gibt es nicht viel zu erzählen.«

»Wenn es auch nicht viel ist, aber mich interessiert alles.«

»Wenn du erst wieder fort bist, hast du wahrscheinlich schnell alles wieder vergessen. Mich und alles, was ich dir erzählt habe.«

»Wie kannst du bloß so reden, Johanna! Ich gehe nicht so schnell fort, und vergessen werde ich dich nie.«

Sie neigte den Kopf zur Seite, wie sie es immer tat, wenn sie über etwas nachzudenken hatte. »Du bist ein Künstler, ein Mann aus der Stadt«, sagte sie plötzlich. »Und ich – was ich bin, wird man dir längst erzählt haben.«

»Noch kein Mensch hat mir über dich etwas berichtet.«

»Das wundert mich. Beim Eggstätter auf der Alm hat man eine heruntergekommene Bauerntochter. Im Dorf drunten wird dir das jeder erzählen, den du fragst. Mein Vater, der Margareter, hat seinen Hof verkauft und ist in der Stadt drinnen gestorben.«

»Ach so, jetzt kann ich mich wieder erinnern. Der Eggstätter, glaube ich, hat etwas in der Art gesagt, als er mich zum Jagdhaus gebracht hat. Man kann den Margaretenhof doch vom Jagdhaus aus sehen, oder?.«

»Ja, beim Osterberg drüben. Dort bin ich auf die Welt gekommen und habe die ersten glücklichen Jahre verlebt, bevor meine Mutter gestorben ist und mein Vater dann diese Frau aus der Stadt geheiratet hat. Damit hat das Unglück dann angefangen.«

Severin nahm ihre Hand in die seine und streichelte sie. »Du brauchst nicht davon zu reden, wenn es dir schwer fällt.«

Doch nun, da sie einmal angefangen hatte, merkte sie, dass sie ihm gerne alles erzählen wollte. Und so begann sie dann zu sprechen. Vom Margaretenhof, von hellen Erntetagen und schwelenden Kartoffelfeuern im späten Herbst. Nicht eine Spur von Traurigkeit war in diesen Erzählungen, nur frohe Erinnerung an eine längst vergangene Zeit und an einen Vater, den sie sehr geliebt haben musste.

Die Mutter war schon früh gestorben, und die zweite Frau hatte sich im Dorf nicht wohl gefühlt und dann den Vater überredet, den Hof zu verkaufen und in die Stadt zu ziehen, wo sie auch vor der Heirat gelebt hatte. Aber alles, was der Vater danach anpackte, missriet ihm, und das Geld zerrann in den Händen der Frau, die das ausschweifende Leben zu sehr liebte.

Damit waren die frohen Tage zu Ende gewesen. Johanna berichtete nun von dem Leben, das sie als junges Mädchen geführt hatte, ein Kind armer Leute in der Stadt. Und als sie schwieg, blieb es eine Weile ganz still im Raum.

»So viel Schweres hast du durchmachen müssen«, sagte er endlich. »Und was ist mit deinen Eltern? Leben sie noch?«

Johanna schüttelte den Kopf. »Sie sind beide kurz nacheinander gestorben. Ich aber bin damals wieder hierhergekommen, denn ich hatte gehofft, auf dem Margaretenhof wenigstens Arbeit zu finden. Aber der Hof war schon längst unbewohnt, als ich wieder herkam. Und so bin ich dann beim Eggstätter gelandet. Ich habe es noch keine Stunde bereut, dass ich die Stadt wieder verlassen habe.«

Severin lehnte seine Stirn gegen die ihre. »Es ist wohl niemand glücklicher als ich, dass du da bist, Johanna.«

Ihre Blicke versanken ineinander wie zwei stille Feuer. Ganz behutsam streichelte sie dann mit ihren Lippen über seine Schläfen hin.

»Ach, Severin. Es ist ja alles so gut jetzt.«

»Es ist erst der Anfang, Johanna. Ich will dir einmal ...«

Schnell legte sie ihre Hand auf seinen Mund. »Nichts versprechen, Severin! Es könnte dich sonst irgendwann einmal reuen, wenn du jetzt etwas versprichst, das du dann doch nicht halten kannst.«

»Ich bin frei, Johanna. Niemand hängt mir an. Wer könnte mich daran hindern, bei dir zu bleiben? Ich habe dich lieb, Johanna, wie man nur einen Menschen lieb haben kann. Selbst mit Silvia war es nicht so ...«

Er brach ab, als ihm bewusst wurde, was er da gesagt hatte, und sah Johanna an, wie sie es aufnahm, dass er eine andere Frau erwähnte. Keine Miene verzog sich in ihrem Gesicht. Nur die Brauen bewegten sich ganz leicht. ›Wie ein Reh, das wittert‹, dachte er.

»Wer ist Silvia?«

Severin erzählte ganz kurz sein Erleben mit Silvia, ohne Bitterkeit, ohne Feindschaft. Als er fertig war, wartete sie eine Weile. »Ich habe von Anfang an gefühlt, dass dir einmal jemand sehr weh getan haben muss. Aber – warum verschweigst du mir Barbara?«

Er wurde rot wie ein Schuljunge.

»Woher weißt du denn das?«

»Es genügt, dass ich es weiß. Aber schau, Severin, es ist doch so: Das hättest du mir jetzt verschwiegen, wenn ich es nicht ohnehin gewusst hätte. Warum denn?«

»Johanna, mit Barbara war im Grunde alles so belanglos, dass ich gar nicht daran gedacht habe, davon zu reden. Ich habe schnell genug erfahren, dass sie schon verlobt ist. Wenn ich es vorher gewusst hätte, wäre es gar nicht so weit gekommen.«

Sie sah ihn an.

»Ja, ich glaube dir«, sagte sie einfach und schlicht. »Und Silvia? Du hast sie wohl sehr geliebt?«

»Das allerdings.«

»So ist es, Severin. Wie viel zerbricht, was man sich erhofft und wünscht. Im Leben kommt meist alles anders, als man es will. Es ergeht mir ja nicht anders. Ich war so dumm, mir vorzumachen, wenn ich Tag für Tag fleißig arbeitete und mir jeden Pfennig auf die Seite legte, dann müsste es gehen, dass ich in ungefähr zehn Jahren den Margaretenhof zurückkaufen könnte. Du liebe Zeit! Das, was ich mir ersparen kann, reicht gerade aus, dass ich mich jedes Jahr neu einkleiden kann. Und darum habe ich meinen Wunsch begraben. Ich habe mich damit abgefunden, dass ich das bleiben werde, was ich jetzt bin. Etwas anderes werde ich vom Leben kaum mehr erwarten dürfen.«

Severin war betroffen von diesem Geständnis. Seine eigenen Erfahrungen mit dem Zwang, sich finanziell einzuschränken, fielen ihm ein. Doch mit Johannas Situation schien ihm das kaum vergleichbar.

Seine Zuneigung zu diesem Mädchen wurde immer tiefer und herzlicher. Ja, er fühlte sich innerlich mit ihr so fest verbunden, als wäre sie immer schon in seinem Leben gewesen, und als könnte sie gar nie daraus fortgehen. In drängenden Worten flüsterte er ihr zu, dass sie ihm nur Vertrauen schenken solle. Was sie allein nicht schaffen konnte, mit vereinten Kräften würde dies sicherlich möglich sein.

Draußen rauschte eintönig der Regen. Als Severin einmal das Fenster öffnete, um Ausschau zu halten, wie sich sein Heimweg gestalten würde, fuhr ein sausender Luftstrom in die kleine Kammer.

»Ja, was machen wir jetzt mit Severin Lienhart?«, scherzte er. »Die Nacht ist rabenschwarz draußen. Ob ich den Weg finden werde? Über den Steg werde ich, nass und glitschig, wie er jetzt sein wird, wohl auf dem Bauch kriechen müssen, um nicht in die Schlucht zu stürzen.«

Sie legte ihre Hand auf die seine, sagte nichts dabei, sondern schaute ihn nur an, so wie man ein Bild betrachtet und studiert. Um ihre Mundwinkel war ein Lächeln. Auf einmal zog sie kaum merklich die Brauen zusammen, es kam ein horchender Ausdruck in ihre Züge. Aber kaum, dass er es gewahr wurde, lächelte sie schon wieder. Es schien, als habe er sich getäuscht.

Doch er hatte sich nicht getäuscht. Johanna hatte etwas gehört, das sie bis ins Innerste erschrecken ließ, ein Geräusch von draußen. Jemand schlich ums Haus!

Sie konnte sich denken, wer dieser Jemand sein mochte. Und sie hatte nicht die Absicht, es auf eine nächtliche Begegnung Severins mit ihm ankommen zu lassen, genausowenig wie sie wollte, dass Severin von den Nachstellungen erfuhr, deren sie sich in letzter Zeit hatte erwehren müssen.

Severin schaute auf die Uhr an seinem Handgelenk. Es war schon bald Mitternacht. Er erinnerte sich an andere Abende. »Es wird Schlafenszeit«, pflegte sie sonst immer zu sagen. »Komm gut heim, Severin.«

Heute sagte sie nichts, kein Wort. Und als er darauf anspielte, dass sie wohl ein Plätzchen für ihn im Heu hätte, schwieg sie auch. Nein, sie hatte kein Plätzchen im Heu für ihn zum Übernachten, sondern er sollte in dieser Nacht bei ihr in der Kammer bleiben.

Johanna hatte sich nicht getäuscht, als sie die Geräusche, die sie draußen gehört hatte, als ein Zeichen von Gefahr gedeutet hatte. Es war ein huschender Schritt vor dem Fenster gewesen. Der Eggstätter-Lukas war es, den es selbst bei diesem Wetter heraufgetrieben hatte.

Stumm und fahl stand er in der Dunkelheit unter den schützenden Zweigen einer Fichte und starrte auf den kleinen Spalt im Fensterladen, durch den ein gelber Lichtschein fiel. Er hörte die Stimmen und biss die Zähne zusammen. Eine rasende Eifersucht überkam ihn, und er war nahe daran, gewaltsam in die Hütte zu dringen, um diesem feinen Herrn da drinnen zu zeigen, dass er, der Eggstätter-Lukas, hier das Hausrecht hatte.

Seit Johanna vor zwei Jahren auf den Hof gekommen war, hatte er sich immer wieder um ihre Gunst bemüht, und jedes Mal hatte sie ihn abgewiesen. Doch er war hartnäckig geblieben und hatte fest darauf vertraut, dass sie ihm nicht ewig Widerstand entgegensetzen würde. Und nun kam dieser dreiste Fremdling daher, und Johanna wurde kälter gegen ihn denn je zuvor.

Eifersüchtige Wut brannte in ihm. Er hob die Fäuste und knirschte mit den Zähnen. Und schließlich hatte er genug davon, als Lauscher im Dunkeln hilflos die offensichtliche Vertrautheit der beiden beobachten zu müssen. Abrupt kehrte er um und rannte in die Nacht hinein. Er wusste, womit er dem Fremden die Suppe versalzen würde!

Donnernd polterten die Wasser unter dem Steg in die Tiefe. Lukas stand mitten auf dem Steg, hatte sein Messer gezogen und bearbeitete das Geländer mit diesem an einer Stelle so lange, bis es auf der Vorderseite nur noch knapp an der Rinde hing. Dann zerrte er mit fieberhafter Hast einen Felsbrocken vom Schluchtrand und legte ihn mitten auf den Steg.

Er wusste, dass Severin diesen Weg nehmen würde, wenn er nach Hause ging. In der Dunkelheit musste er unweigerlich über den Felsbrocken stolpern, unwillkürlich würde er sich an das Geländer klammern und dann ...

Die Todesfalle, die er hier vorbereitet hatte, würde ihn von dem lästigen Rivalen befreien. Dass er einen Mord vorbereitet hatte, löste in Lukas keinerlei Zweifel an seinem Tun aus. Er ging ruhig und zufrieden nach Hause.

Zwischen Traum und Erwachen glaubte Severin nach Stunden, dass der Regen nachgelassen habe. Erst als er ganz zu sich kam, merkte er, dass er allein war. Er sprang auf und öffnete das Fenster, um nach dem Wetter Ausschau zu halten.

Es war noch sehr früh, und doch glitzerte und funkelte schon alles im Morgenlicht. Am Himmel zeigte sich keine einzige Wolke mehr. Die Luft war kühl und frisch.

Severin breitete die Arme aus, öffnete den Mund und atmete tief ein. Dann wandte er sich rasch um und ging hinaus. Johanna kam gerade vom Brunnen her – sie hatte sich wohl gerade gewaschen. Da trat er ihr in den Weg.

»Johanna – falls es falsch war, was ich getan habe, bitte ich dich um Verzeihung. Doch ich habe dich ja so über alles lieb.«

In ihren Augen sprühte Misstrauen auf. »Das hört sich ja gerade so an, als ob du es bereuen würdest.«

»Bereuen? Johanna, wie kommst du bloß auf solche Gedanken?« Er runzelte in gespieltem Zorn die Stirne. »Dafür müsste ich dir ja fast böse sein. Aber weißt du, was ich möchte? Den ganzen lieben langen Tag möchte ich heute bei dir bleiben!«

Da lächelte sie wieder und strich ihm zärtlich mit den Fingern über die Augen. »Du hast ja noch gar nicht ausgeschlafen, du – Bub du. Leg dich doch noch ein wenig hin, bis ich mit der Arbeit fertig bin, dann können wir was unternehmen.«

Das war etwa um die Stunde, in der der Anderl droben im Geröllfeld mit Severins Büchse wartete und aufgeregt von einem Fuß auf den andern trat. Schließlich konnte er seinen Missmut nicht mehr länger bezähmen und schimpfte laut: »Wahrhaftig, der kommt jetzt nicht! Schade um so einen Menschen! So ein guter Jäger könnte der werden! Was so ein Frauenzimmer nicht alles fertig bringen kann! Freilich, die Johanna!« Der Anderl nickte ein paar Mal vor sich hin und dachte versöhnlicher, dass es ja zu verstehen wäre. Die Johanna ist eine, wie man sie nicht alle Tage findet. Allerdings – aus der Sache konnte auf Dauer wohl kaum etwas werden. Und so gesehen war es sicher schade um ein Mädchen wie dieses. Johanna war weiß Gott mehr wert als das flüchtige Abenteuer eines Städters, der ohnehin nicht ewig hier bleiben würde.

Der, dem diese Gedanken galten, schlief wohlig und traumlos bis in den hellen Mittag hinein, und auch dann erwachte er erst, als Johanna ihn mit einem Grashalm unter dem Kinn kitzelte. Langsam schlug er die Augen auf und sah Johannas vergnügtes Gesicht über dem seinen. Er zog sie an sich, um sie zu küssen.

Johanna hatte die wichtigste Arbeit nun erledigt und konnte deshalb den Rest des Tages mit Severin verbringen. Sie gingen auf einsamen, verschwiegenen Wegen, sprangen um die Wette einen Berghang hinunter und ruhten in der Sonne zwischen Almrosenbüscheln.

Faul und lang ausgestreckt lag Severin da. Johanna hatte sich auf den Arm gestützt und sah auf ihn nieder. Er hatte die Augen geschlossen, und sein Mund lächelte.

›Das ist nun mein Severin‹, dachte sie. ›Wie lange das Wunder wohl dauern wird? Es ist, als sei ich schon eine lange Ewigkeit so glücklich. Und ein Hauch nur wird es gewesen sein, wenn es vorbei ist. Ach, könnte ich die Zeit anhalten.‹

»Was denkst du jetzt?«, fragte Severin in ihre Gedanken hinein.

»Gar nichts, lieber Severin«, lächelte sie und neigte sich über ihn.

›Wie im Märchen ist es‹, dachte Severin, ›ein Rätsel, das man nicht lösen kann.‹

Als die Sonne sich gegen Westen neigte, musste Johanna nach Hause auf die Alm zurück. Die Pflicht rief sie, und ihr war zumute, als hätte sie heute in großem Maße ihre Pflichten verletzt, da sie einen halben Tag lang gefeiert hatte.

6

Severin kam mit seiner Arbeit gut voran. Schon trat die Figur aus dem Marmorblock deutlich zutage. Oft vergaß er Zeit und Raum über seiner Arbeit. Am Abend nach jener Regennacht war das Schöpferische über ihn hergefallen wie ein herrlicher Rausch. Unter seinen Händen wuchs das Werk schneller als erwartet. War es die Liebe, die ihm einen solchen Aufschwung verliehen hatte?

Doch nicht ganz ungetrübt blieb seine schöpferische Phase, denn heute trugen einige Männer eine Bahre am Jagdhaus Ludwigsruh vorüber, auf der, mit einer Zeltplane zugedeckt, der zerschlagene Körper eines alten Pilzsuchers lag, der nach dem Regen des Gewitters reiche Beute zu finden gehofft hatte. Es war auch ein Polizist in Uniform dabei, der hinter der Trage herging. Und da die Männer den Toten gerade vor dem Tor zu kurzer Rast niederstellten, legte Severin Meißel und Hammer fort und ging die paar Schritte hinaus.

»Ist etwas passiert?«

Ja, man habe diesen Mann tot aus der Schlucht geborgen.

»Etwa beim Wasserfall droben? Vor ein paar Tagen bin ich dort erst selbst über den Steg gegangen.«

Das interessierte den Polizisten sofort lebhaft. Schon zückte er sein Notizbuch, holte den Bleistift hervor und sah Severin an.

»Bitte, wann genau sind Sie über den Steg gegangen?«

»Es war vorgestern, kurz bevor das Gewitter kam, so gegen vier Uhr nachmittags.«

»War der Steg zu diesem Zeitpunkt noch unbeschädigt? Ich meine, ob das Geländer noch in Ordnung war? Besinnen Sie sich ganz genau. Das ist nämlich sehr wichtig. Sie müssen das eventuell bezeugen.«

»Der Steg? Natürlich war er in Ordnung. Es hätte mir auffallen müssen, wenn es nicht so gewesen wäre. Ich bin nämlich ein furchtbarer Hasenfuß, wenn ich über diesen Abgrund balancieren muss«, gestand Severin. »Ich halte mich immer so krampfhaft am Geländer fest, dass es fast schon lächerlich ist. Der Jäger Anderl war bei mir.«

Der Wachtmeister schrieb langsam und sorgfältig alles auf. »Also, da war der Steg noch in Ordnung, Herr – bitte Ihren Namen. – Ja, danke schön. Der Unfall ist nämlich zustande gekommen, weil das Geländer beschädigt war. Es könnte sogar mit voller Absicht abgeschnitten worden sein. Ein Felsbrocken ist auch nicht mitten auf dem Steg gelegen, nehme ich an?«

Severin schüttelte den Kopf und machte sich erst jetzt so richtig klar, was ihm hätte passieren können, wenn er in der Dunkelheit, wie schon so oft, über die Schlucht gegangen wäre! Er fühlte, wie es ihm kalt über den Rücken lief. Der Fall begann ihn plötzlich von einer ganz anderen Seite her zu interessieren.

Der Wachtmeister zuckte die Schultern. »Die Untersuchung wird vielleicht mehr Licht in die Sache bringen. Eine Fußspur deutet darauf hin, dass sich jemand längere Zeit beim Steg dort beschäftigt hat. Ich danke Ihnen schön. Ihre Aussage war mir sehr wichtig. Es ist möglich, dass wir Sie nochmals brauchen. Sie wohnen doch hier?«

»Ja, ich bin jederzeit erreichbar.«

Der traurige Zug setzte sich wieder in Bewegung, und Severin kehrte zu seiner Arbeit zurück. Aber es wollte ihm nun nichts mehr recht gelingen. Er zündete sich eine Zigarette an und ging im Geiste seinen gestrigen Heimweg noch einmal ab. Er war auf dem Fahrweg heruntergegangen und hatte die Abkürzung durch die Schlucht links liegen lassen, denn er hatte es nicht eilig gehabt. Ja – aber selbst wenn er über den Steg gegangen wäre, es wäre ja noch Tag gewesen, und er hätte es gesehen, wenn etwas nicht in Ordnung gewesen wäre. Wie aber – wenn er in jener Nacht nicht bei Johanna geblieben wäre? Dann wäre vielleicht er selbst derjenige gewesen, den man auf dieser Bahre hätte ins Dorf tragen müssen.

Er wäre nicht einmal im Traum auf den Gedanken gekommen, dass es sich bei dem beschädigten Geländer um eine Falle gehandelt haben könnte, die ihm selbst zugedacht gewesen war. Er hatte ja keine Ahnung, dass ihm hier irgendein Mensch feindlich gesinnt war.

Der Wind begann schon abendlich in den Bäumen zu rauschen. Er sah auf das Dorf hinunter, wo jetzt dünn und hell eine Glocke läutete. Wahrscheinlich waren sie gerade mit dem Toten unten angekommen.

Ein Specht hämmerte mit hellem Schlag gegen einen Stamm. Severin sah auf, denn es klang so nahe, dass er glaubte, den Vogel sehen zu können. Dabei fiel sein Blick hinüber bis zum Osterberg. Die weiße Kapelle war vom Abendrot beschattet, und dasselbe Rot lag auch auf den Mauern des halb zerfallenen Hofes.

Ja, dieser Hof, dieser Margaretenhof! Er hatte sein Schicksal gehabt. Und es fielen Severin die Worte ein, die Johanna gesprochen hatte. Sie wollte Heller auf Heller legen, bis sie den Hof zurückkaufen konnte. So sehr hing ihr ganzes Herz daran. Aber sie wusste auch um die Unmöglichkeit ihres Vorhabens und war vielleicht nur deswegen oft von dieser Traurigkeit umschattet. Es musste schrecklich sein, wenn einem das Heim genommen wurde und keine Aussicht bestand, es jemals wiederbekommen zu können.

Severin legte den Meißel weg und trat zurück. Es ging heute nicht mehr, er hatte wahrscheinlich schon zuviel gearbeitet. Zurücktretend fixierte er die fertigen Kopflinien der Figur. Der Gesichtsausdruck befriedigte ihn noch nicht so recht.

Severin stand vor seinem Werk, die Hände in den Taschen seines weißen Mantels vergraben, den Kopf ein wenig zur Seite geneigt. Da hörte er einen Schritt auf dem Gartenweg und wendete den Kopf.

»Johanna!«

Wie angewurzelt stand sie jetzt, mit hängenden Armen und heftig atmend. Rasch ging er auf sie zu.

»Johanna, was ist denn? Du bist ja ganz außer dir!«

Keine Antwort. Sie starrte ihn nur an. Und plötzlich warf sie die Arme um seinen Nacken und presste ihr Gesicht an seinen Hals und fing haltlos an zu schluchzen.

Severin konnte sich das nicht erklären. Zärtlich strich er über ihre Schultern und ließ sie gewähren. Nach einer langen Zeit erst hob sie das tränennasse Gesicht und – da konnte sie wieder lächeln.

»Bin ich froh«, flüsterte sie. »Die Muttergottes hat mein Bitten erhört! Ach, Severin, du weißt gar nicht, wie mir jetzt zumute ist!«

»Komm«, sagte er und führte sie auf die Terrasse. Er fühlte die Aufregung, die immer noch in ihr nachzitterte. »Und nun erzähl mir einmal, was los ist.«

»Ich hatte solche Angst, Severin. Man sagte mir oben, dass jemand in die Klamm gestürzt sei, und da dachte ich – ich meine ...«

»Schon gut, Mädchen, ich weiß schon. Vor einer Stunde hat man einen Toten vorübergetragen. Der Gendarm glaubt an ein Verbrechen. Ich kann es nicht recht glauben, obwohl er etwas von Schuhspuren sprach.«

Johanna sagte nichts, obwohl sie ein Schauer durchlief. Sie erinnerte sich an das Geräusch, das sie gehört hatte und das sie hatte um das Leben Severins fürchten lassen. Sie wusste genau, wer für diese Tat verantwortlich sein musste.

Und doch war ihr klar, dass sie niemals imstande sein würde, jemandem von ihrem Verdacht zu erzählen. Denn wie sollte sie es beweisen?

So lange nichts als ihr Wort gegen Lukas sprach, würde er auf freiem Fuß bleiben und ihr das Leben zur Hölle machen.

Der Eggstätter würde sie sicherlich vom Hof jagen, weil sie es gewagt hatte, seinen einzigen Sohn des Mordes zu beschuldigen.

Nein, sie konnte niemandem davon erzählen. Sie konnte nur hoffen, dass die Polizei Beweise für seine Schuld finden würde.

Die Nacht senkte sich nun nieder, die Bäume rauschten lauter im Wind. Nach der überstandenen Angst wurde sie plötzlich müde und wäre am liebsten in Severins Arm einfach eingeschlafen. Aber da griff seine Hand nach dem Lichtschalter, und in blendender Helle strahlte das Licht über den Marmor.

Er erwartete nicht, dass Johanna nun ein Loblied sang, es genügte ihm, dass sie da war, es war eine jener schönen und stillen Stunden angebrochen, wie sie das Schicksal nur selten den Menschen schenkt. Da sagte sie einfach und schlicht: »Das ist schön! Und du, mein Lieber, hast dies geschaffen! Was bin ich für ein kleiner Mensch neben dir.«

»So darfst du nicht reden, Johanna! Du bist viel größer, als du es weißt!«

»Wo hast du das nur gelernt, Severin?«

»Ich habe das nicht gelernt, das war ganz einfach da – ich meine, dieser Drang zum Gestalten. Gelernt hab ich natürlich dann auch. Mein Vater hat sich sehr darüber geärgert. Er wollte ein Finanzgenie aus mir machen, und er hat es mir übel genommen, dass ich meine eigenen Wege gehen wollte. – Siehst du, dort um die Augen herum, da ist es noch nicht so, wie ich es haben will, auch mit der Mundpartie bin ich noch nicht ganz einverstanden ... Wovon sprach ich ...?«

Er strich sich über die Augen und besann sich. Johanna konnte ihm nicht helfen, sie war in den Anblick des Werkes versunken.

»Ach so – ja, von meinem Vater. Er ist übrigens schon gestorben. Es tat mir sehr Leid, dass wir uns zuvor nicht mehr miteinander aussöhnen konnten. Aber es war eben so, dass ich nicht das sein konnte, was er von mir verlangt hat, auch wenn er das nie verstehen konnte. Auch mein Bruder versteht nicht, was mich dazu treibt, an ›Steinblöcken herumzuhämmern‹, wie er sich auszudrücken pflegt. Wie könnte er auch! Sein ganzes Leben lang war er nur in Zahlen verstrickt, und wer weiß, vielleicht liebt er diese Zahlen nicht weniger als ich den Marmor, oder vielmehr das, was ich darin erkenne und durch meine Arbeit zum Vorschein bringen möchte. Aber der da« – Severin trat näher und strich mit unendlicher Zärtlichkeit über die Figur –, »der soll ihnen allen endlich zeigen, was ich kann!« Er sprang auf das Gerüst. »Nur die Augen, ich weiß nicht, ich weiß nicht ...« Seine Finger glitten über die Stelle hin. »Ich weiß schon, wie sie werden sollen, aber – gib mir mal bitte den Meißel her.«

Johanna sah sich um, bückte sich nach dem verlangten Meißel und reichte ihn Severin. Dieser begann zu hämmern, ganz vorsichtig und zart, wie ein Uhrmacher. Eine blonde Haarlocke hing ihm in die Stirn. Kleine Steinsplitter fielen herab. Zuweilen bewegte der Schaffende die Lippen, so als ob er leise spräche. Johanna sah, wie sich sein Gesicht veränderte, alle Züge waren von verbissener Härte. Er achtete auf nichts, war wie in eine fremde Welt versunken. Johanna stand am Sockel und sah mit großen Augen auf diesen so veränderten Severin. Er streckte noch einmal die Hand aus und bat sie um einen noch kleineren Hammer.

Hatte er sie danach völlig vergessen? Seine Hand streckte sich nicht mehr ihr entgegen. Sie hörte, wie sein Atem laut ging. Ein kleiner Splitter fiel auf ihre Hände, sie umschloss ihn wie ein Kleinod. Dann stand sie auf und ging leise weg. Sie fühlte, dass der Mann sie jetzt nicht brauchte. Sein Werk hatte ihn ganz und gar gefangengenommen.

Bis weit hinauf hörte sie noch das helle Klingen. Es huschte wie ein dünnes Glöcklein durch den nachtstillen Wald. Und immer weiter verlor es sich. Zuletzt ertrank es im Donnern des Wildbaches.

Ja, Severin hatte die Welt um sich her völlig vergessen. Die Stunden glitten an ihm vorüber. Als er schließlich die Hände sinken ließ, sagte er, ohne sich umzublicken: »Nun sieh her, Johanna! Jetzt ist er fertig!«

Keine Antwort kam. Er schaute sich um und gewahrte, dass er allein war, er begriff aber auch, dass er die ganze Nacht gearbeitet hatte, die sich gerade ihrem Ende zuneigte. Über dem Dorf lag schon der Schimmer des Frühlichts, das von den östlichen Bergspitzen kam. Auf dem Eggstätterhof stieg eine blaugraue Rauchfahne aus der Esse.

Dort war der Eggstätter-Lukas in der grauen Morgenfrühe gerade im Begriff, ein Paar Schuhe mit runden Nägeln auf der Sohle im großen Küchenherd zu verbrennen.

Nun hatte Severin sein Werk vollendet, und obwohl ihm schon wieder ein neues Werk vor Augen stand, entschied er, nun doch einige Wochen auszuspannen. Nachdem er die Figur sorgsam mit Holzwolle umwickelt und in eine große Kiste verpackt zur

Bahn hatte bringen lassen, nahm er sich vor, einmal eine ganze lange Woche so richtiggehend zu faulenzen. Er wollte zum Anderl in die Jagdhütte hinauf (der war sowieso ein wenig beleidigt, weil Severin ihn schändlich vernachlässigt hatte), und er wollte alle Berggipfel im näheren Umkreis besteigen und vor allem auch viel bei Johanna sein.

Severin kam dann allerdings auf keinen Berg, sondern ging nur zwei- oder dreimal mit dem Jäger auf den Anstand. Die meiste Zeit verbrachte er auf der Eggstätteralm.

Das änderte sich auch nicht, als Ralph Kirchhoff eines Tages mit seinem Vater unverhofft auf der Jagdhütte erschien. Die Begrüßung war herzlich auf beiden Seiten. Ralph Kirchhoff freute sich, seinen Freund so fröhlich und gesund anzutreffen.

»Sag, Severin, ist denn an dir ein Wunder geschehen? Du bist ein ganz anderer Mensch geworden!«

»Ein Wunder?« Er lachte. »Ja, das könnte schon sein.«

»Wer ist es denn?«

»Du sollst nicht fragen, Ralph! Du sollst morgen sehen und urteilen.«

»Schön, wie du meinst, vielleicht ist das auch gar nicht so wichtig. Wichtig ist vor allem, dass du dich wiedergefunden hast. Menschenskind! Wir haben deinen sich mit Wasser begießenden Mann sehr bewundert, vor allem ich, weil ich Anderl sofort erkannt habe. Die Ausstellung ist zwar noch nicht offiziell eröffnet, aber ich habe mich um eine günstige Platzierung deines Werkes bemüht. Es wird mit Sicherheit auffallen, denn ich kann mich nicht erinnern, dass in letzter Zeit jemand auf die Idee gekommen wäre, eine Statue im Stil der Antike zu machen. Sie ist wirklich verblüffend naturalistisch. Man spürt förmlich selbst den Genuss einer Abkühlung an einem heißen Sommertag nach einer großen Anstrengung.«

»Ja, Italien und besonders die Museen in Rom haben mich doch sehr beeinflusst. Ralph, ich könnte mir nicht mehr vorstellen, abstrakt zu arbeiten. Bei allem Respekt vor vielen dieser Werke, aber ich denke, es wird einmal wieder Zeit, den Menschen so abzubilden, wie er ist.«

Ralph nickte ihm zu. »Ich weiß nicht, ob das jedem gefallen wird – es findet sich vermutlich der eine oder andere Schlauberger, der eine solche Darstellung für nicht zeitgemäß erachtet. Aber meiner Meinung nach hast du Recht. Es gab so lange keine Kunst in diesem Stil mehr, und so mancher unter denen, die heute künstlerisch tätig sind, würde wohl rein vom Handwerklichen her in Verlegenheit kommen, wenn er dir das nachmachen sollte. Unter den abstrakten Künstlern von heute kann sich doch auch der eine oder andere bequem einrichten, der ganz einfach ein Stümper und kein wirklicher Künstler ist.«

»Ralph, ich danke dir für deine gute Meinung. Ich lasse mich überraschen, ob mein Stil nun Gnade unter den Augen der Kritiker findet oder nicht. Jedenfalls sind Arbeiten dieser Art das, was ich gerne machen möchte. Ohne meine Italienreise hätte ich wohl noch geraume Zeit vor mich hinexperimentiert. Ich möchte dir und deinem Vater auch für all eure Hilfe danken, und ganz besonders dafür, dass ihr mir das Jagdhaus überlassen habt.«

»Dummheit! Ist doch kaum der Rede wert. Mein Vater hat erst heute wieder gesagt, dass er froh ist, jemanden im Revier zu wissen, auf den er sich verlassen kann. Womit natürlich gegen unseren guten Anderl nichts gesagt sein soll. Im übrigen will ich dir auch noch sagen, dass ich in diesem Herbst noch zu heiraten gedenke.«

»Wirklich? Darf man fragen, wen?«

»Du wirst sie dieser Tage noch sehen. Sie ist mit meiner Mutter unten geblieben.« Ralph stand auf und streckte sich. »Und nun wollen wir uns auch schlafen legen. Mein alter Herr ist Frühaufsteher und wird uns beizeiten aus den Federn – will sagen: aus dem Heu treiben. Tu mir den Gefallen, Severin, und schieß ihm morgen früh, wenn wir gemeinsam auf Pirsch gehen, nicht den schönsten Bock weg. Das verdirbt ihm sonst die Laune für den ganzen Tag.«

Severin lachte. »Da kannst du ganz beruhigt sein. Ich will ihm diese Freude bestimmt nicht nehmen.«

Vorsichtig stiegen sie über die Leiter hinauf. Im Dunkel hörte man die regelmäßigen Atemzüge des Jägers aus der Ecke dringen. Einmal fiel mit klatschendem Schlag ein Tannenzapfen auf das Schindeldach der Hütte, und drunten im unteren Schlafraum warf sich Herr Kirchhoff ächzend auf die andere Seite, dass die Bettstatt knarrte, und rief im Traum irgendetwas. Vielleicht träumte er schon von seinen Rehböcken. Dann wurde es ganz still. Nur die Bäume hörte man rauschen, fein und sacht, wie in weiter Ferne das Meer.

Am andern Abend nahm Severin den Freund mit auf die Eggstätteralm. Sie blieben dort, bis die Nacht hereinbrach. Ralph meinte: »Du kannst ruhig noch hier bleiben. Ich finde den Weg zur Jagdhütte schon allein.«

Da war es Johanna, die Severin zum Mitgehen bewog, obwohl sie ihn eigentlich noch gerne für sich allein gehabt hätte. Überhaupt war sie nicht ganz glücklich darüber, dass der Freund, dieser Herr Ralph, wie man ihn drunten am Eggstätterhof immer geheißen hatte, so plötzlich gekommen war. Es war ihr, als würde bereits an ihrem Wunder gerüttelt. Wollte er nicht schon am kommenden Samstag Severin mit hinunterschleppen ins Jagdhaus Ludwigsruh?

Als die beiden gegangen waren, sah sie ihnen lange nach.

Bei der einsamen Krüppelföhre blieben Severin und Ralph stehen.

»Du sagst ja gar nichts, Ralph, wie dir Johanna gefallen hat?«

Ralph war sichtlich mit seinen Gedanken weit weg. »Ach so?«, lachte er unbekümmert. »Natürlich gefällt sie mir. Geschmack hast du ja immer schon gehabt. Da verstehe ich, dass dir der Sommer nicht langweilig geworden ist!«

»Entschuldige, Ralph, ich glaube, du verstehst mich nicht ganz. Ich habe wirklich ernste Absichten mit Johanna.«

Erstaunt sah Ralph auf. »Du bist verliebt, mein Junge, und lebst in Traumbildern, über die du über kurz oder lang lachen wirst.«

»Du irrst dich, Ralph.«

»Aber erlaube mal! Du kannst doch dieses Mädchen – ach – das ist ja Unsinn!«

»Und warum?« Severins Augen waren schmal geworden, und um seinen Mund zuckte es ein wenig.

»Aber bitte, bitte, reg dich doch nicht auf«, beschwichtigte Ralph. »Wenn es dein Wunsch ist, bitte, ich will ihn dir nicht ausreden. Nur – die Vorstellung, dass du dieses Mädchen heiraten willst, befremdet mich einfach. Schließlich ist sie doch nur eine ...«

Er verstummte, und Severin musterte ihn kritisch. »Sprich es ruhig aus, Ralph. Was ist Johanna deiner Meinung nach? Eine Bauernmagd mit Mist zwischen den Zehen?«

Ralph errötete, Severins Vermutung lag wohl nicht allzu weit daneben. »Sei doch nicht so empfindlich, Severin!«

»Ja, du hast Recht, Ralph. Ich bin ziemlich empfindlich geworden in diesen Dingen. Hellhörig, weißt du. Mir scheint, dass wir mit unserer so genannten Zivilisation oft meilenweit am wirklichen Leben vorbeileben. Na – lass gut sein. Das sind Dinge, mit denen ich allein fertig werden muss. Reden wir nicht mehr davon.«

»Wie du möchtest. Aber sei versichert, ich wollte dich nicht verletzen. Wenn ich geahnt hätte, wie ernst es dir ist, hätte ich überhaupt nichts gesagt.«

»Aber nein, das ist ja ganz gut so. Ich bin sogar dankbar dafür, denn ich habe dadurch einen kleinen Vorgeschmack bekommen, wie die liebe bürgerliche Welt über meine Wahl urteilen wird. Mir aber ist das egal, verstehst du, Ralph, vollkommen egal ist mir das.«

Ralph schlug dem Freund auf die Schulter und lachte.

»In diesem Augenblick bist du wieder echt Severin, so wie ich dich seit Jahren kenne! Immer mit dem Kopf durch die Wand! Lassen wir also das Thema endgültig, und damit ein Ausgleich geschaffen ist, verlange ich von dir, dass auch du mir schonungslos deine Ansicht sagst, wenn du meine Braut übermorgen kennen gelernt hast.«

»Hast du etwas anderes von mir erwartet?«

»Natürlich nicht, sonst wärst du ja nicht Severin. Wir haben nicht umsonst dein scharfes Urteil manchmal gefürchtet.«

Die beiden Freunde gingen nun schnell auf die Jagdhütte zu, denn es dunkelte bereits stark, und der alte Herr hatte sich für diesen Abend ein gemütliches Kartenspiel ausbedungen, auf das sie ihn nicht mehr länger warten lassen durften.

Aber ein kleiner Misston blieb doch aus diesem Gespräch zurück.

»Hier, liebe Heike, stelle ich dir meinen Freund Severin vor«, sagte Ralph in gehobener Stimmung. Man sah auf den ersten Blick, wie verliebt er in dieses Mädchen war.

»Ich freue mich, Sie endlich kennen zu lernen«, sagte sie zu Severin und zeigte dabei zwei Reihen herrlich weißer Zähne. »Ralph hat mir schon viel von Ihnen erzählt.«

»Hoffentlich nichts Unangenehmes?«

»Im Gegenteil, lauter angenehme Dinge.«

Severin lachte. »Nun, dann hat er ein wenig gemogelt, der gute Ralph! Es gibt keinen Menschen, über den ausschließlich nur Angenehmes zu sagen wäre.«

»Vielleicht bilden Sie eine rühmliche Ausnahme?«

»Danke für das Kompliment! Ich will aber gar keine Ausnahme sein. Jeder Mensch ist mit Fehlern behaftet, die er vielleicht gar nicht weiß.«

Das war ihr erstes Gespräch. Severin widmete sich dann Frau Kirchhoff, die sich offensichtlich freute, den jungen Mann so gesund und braun gebrannt wiederzusehen. Leider, meinte sie, könne sie ja nun nicht mehr wie in früheren Jahren mit zur Jagdhütte hinaufziehen, weil ihr das Herz mitunter so zu schaffen mache. Zum Glück sei ja nun Heike dabei, dann würde ihr die Zeit nicht gar so lang, wenn die Herren die Woche über am Berg oben seien. Hier warf nun Heike einen schnellen Blick auf Ralph: »Ich werde Sie aber doch für ein paar Tage allein lassen müssen, weil ich für mein Leben gern einmal so eine Gämsenjagd erleben möchte. Du hast es mir doch versprochen, Ralph.«

Ralph bestätigte es. Der alte Herr aber verzog den Mund, als wenn er in eine Zitrone hineingebissen hätte. Offenbar war er nicht so begeistert von dem Plan, der hinter seinem Rücken ausgeheckt worden war.

Während des Beisammenseins an diesem Abend hatte Severin reichlich Gelegenheit, Heike näher kennen zu lernen. Ohne Zweifel, Heike Köhler war schön. In der Dunkelheit leuchtete ihre Haut weiß wie Alabaster. Ein feiner Duft der Gepflegtheit ging von ihr aus. Severin dachte, dass auf ihre Stimme gut hinzuhören wäre, wenn sie auch nur einigermaßen Vernünftiges sprechen würde. Aber das tat sie nicht. Leider. Sie war dabei keineswegs ungebildet, oh nein! Sie hatte augenscheinlich viel gelesen. Und das, was sie gelesen hatte, gab sie im Gespräch als ihre eigene Meinung wieder. Was aber, wenn der Autor, den sie zitierte, einen bestimmten Aspekt außer Acht gelassen hatte? Da kam sie dann ins Schwimmen, und man merkte deutlich, dass sie die Frage, zu der sie ihre vorgebliche Meinung kundtat, noch niemals selbst durchdacht hatte.

Im Stillen bedauerte Severin den Freund nun zu der Wahl seiner zukünftigen Frau. Fielen einmal die Hüllen ihrer Verliebtheit, dann würde sie ihrem Mann ziemlich schnell langweilig werden und zusätzlich noch mit ihrem nichts sagenden Geplapper auf die Nerven gehen. Im Geiste verglich er Heike mit Johanna. Um nichts auf der Welt hätte Severin mit Ralph tauschen mögen.

Severins Blick ging hinüber zum Margaretenhof, der vom Mondlicht fast geisterhaft beleuchtet wurde. Tief in seinem Innern stand bereits sein Plan fest, mit dem er Johanna eines Tages überraschen wollte.

Es war ein wunderliches Spiel von Licht und Schatten da drüben auf dem Osterberg. Die verwilderten Obstbäume standen wie Riesen im gespenstisch bleichen Licht des Mondes. Die Sterne standen still und feierlich über dem alten Hof, der einer Geisterburg glich, in der alles Leben erstorben war.

Aber es würde bald anders sein, sinnierte Severin vor sich hin und merkte kaum, wie die anderen allmählich ins Haus gingen. Ja, in dieses tote Haus da drüben sollte wieder Leben einziehen und ein großes Glück. Freilich, er war beileibe kein Bauer. Aber wo stand geschrieben, dass nur einer einen Bauernhof besitzen konnte, der ihn auch selbst zu bewirtschaften verstand? Da er selbst Künstler war und auch bleiben wollte, musste er eben Mitarbeiter finden, die dieser Aufgabe gewachsen waren. Und Johanna wusste schließlich, worauf es ankam.

Es war so schön, dieses Träumen mit wachen Augen. Der Wind sang leise in den Büschen. Eine Sternschnuppe fiel nieder. Severin sah ihr nach, bis sie erlosch. Dann ging er ins Haus.

7

Am Montag gingen Severin, Ralph und Heike um die vierte Nachmittagsstunde ins Dorf hinunter zu einer Hochzeitsfeier, bei der Severin etwas beklommen dachte, er habe eigentlich herzlich wenig dort verloren. Aber er wollte kein Spaßverderber sein, und er war ja immerhin Ralphs Gast. Im Grunde genommen wunderte er sich selber über seine Gelassenheit und Ruhe, mit der er zu Barbaras Hochzeitsfest ging.

Wie lange war denn das eigentlich schon wieder her mit Barbara? Damals war gerade Heuernte gewesen, und jetzt stand das Grummet schon wieder dick und saftig auf den Wiesen und war teilweise schon gemäht.

Es war ein wunderbarer Tag, ein Wetter wie geschaffen für ein Hochzeitsfest. Als sie in das Gasthaus kamen, in dem die Feier stattfand, ging es dort zu wie in einem Bienenschwarm. Die hellen Klänge der Klarinette perlten durch das ganze Haus. Dazwischen sang dumpf die Baßgeige. Ein Wohlgeruch von Grillwürsten und Bratenwürze hing in der Luft. Über die Stiege herunter kamen Menschen aus dem Saal, andere gingen hinauf.

Dort hatte ein junger Bursche in Hemdsärmeln ein Mädchen mit festem Griff um die Hüften gepackt und gab ihr vor allen Leuten einen herzhaften Kuss auf den Mund.

Die drei standen zunächst neben der Eingangstüre und beschauten sich das farbenfrohe Bild der malerischen Trachten.

Severin trug heute einen hellen Sommeranzug und sah blendend aus.

Der Eggstätter, der an diesem Tage sehr versöhnlich gestimmt war, hätte ihn sicherlich angesprochen. Aber er erkannte diesen großen blonden Menschen wirklich nicht gleich wieder, so sehr hatte er sich in dieser kurzen Zeit verändert. Nur Lukas erkannte ihn sofort. Er tanzte an Severin vorbei und warf ihm einen Blick solch abgründigen Hasses zu, dass Severin betroffen einen Schritt zurückwich.

Auch Barbara erkannte ihn nicht auf den ersten Blick. Sie hatte ihn nie in einem gut sitzenden Anzug mit Kragen und Krawatte gesehen. Beim näheren Hinschauen aber begriff sie plötzlich, wer dort stand, und wechselte ein wenig die Farbe.

Sie war eine sehr schöne Braut, das musste ihr der Neid lassen. Den Myrtenkranz trug sie wie eine Königin die Krone. Wie ein Riese saß der Bräutigam neben ihr.

Der Ernst des Tages gab seinem breiten Gesicht etwas Feierliches, und er nickte allen freundlich zu, die an seinem Tisch vorüberkamen.

Plötzlich weiteten sich seine Augen und richteten sich ganz starr auf Severin. Seine Stirn schob sich in strenge Falten, er schien über etwas angestrengt nachzudenken.

Severin hielt dem Blick stand, doch ihm wurde ungemütlich dabei. Wusste der Bräutigam etwa doch etwas von den Vorfällen auf Ludwigsruh, und wollte er nun vor allen Leuten hier Rache nehmen? ›Er kann doch unmöglich einen Skandal herbeiführen‹, dachte Severin beklommen.

Der Sixt stand jetzt auf. Wie groß und breit war dieser Mensch! Er schob sich langsam hinter dem Tisch vor, seine Augen nicht von Severin lassend. In diesem Augenblick fasste Barbara nach seiner Hand. Ihr Gesicht war kreidebleich geworden.

»Was denn, was denn?«, sagte er. »Den da hinten, den dort, ich glaube, den kenne ich. Ich will nicht mehr Martin heißen, wenn er es nicht ist.«

»Bleib doch da, Martin!«, bettelte sie. »Mach doch keine Geschichten am Hochzeitstag.«

»Was für Geschichten?«, fragte Martin, sichtlich überrascht.

Da verstummte die Barbara. Sollte das Schicksal seinen Lauf nehmen. Sie hoffte nur noch, dass Severin sich auf nichts einlassen würde und den Saal gleich verließ, bevor etwas geschah, was nicht wieder gutzumachen war. Woher konnte ihr Mann nur etwas wissen? Sie hatte doch diese ganze Episode als Geheimnis bewahrt und niemandem etwas davon erzählt!

Indessen ging der Martin quer durch den Saal, direkt auf Severin zu, und stand plötzlich vor ihm. Es fiel zunächst kein Wort. Der Martin schaute den andern nur an. Dann sagte er: »Sind Sie nicht Severin Lienhart?«

»Ja, der bin ich – das heißt ...«

»Sie kennen mich nicht mehr, ich sehe es Ihnen an. Vor sechs Jahren hab ich praktiziert in Hermannshagen, da waren Sie noch ein ganz junger Mensch. Aber Sie haben mir damals dort das Leben gerettet.«

Nun wusste Severin sofort Bescheid. Wie war dieser Mann inzwischen behäbig und breit geworden! Er hätte ihn nicht mehr erkannt. Martin aber strahlte über das ganze Gesicht, schob seinen Arm unter Severins Arm und geleitete ihn durch den ganzen Saal bis vor Barbara hin.

»Also, eine größere Freude hätte ich an meinem Hochzeitstag nicht erleben können. Wo kommen Sie denn her? Was? Seit zwei Monaten sind Sie schon da? Und davon weiß ich nichts?«

Mittlerweile waren sie am Brauttisch angekommen.

»Barbara, da schau her, wen ich da gefunden hab! Wenn der Herr nicht gewesen wäre, könnte ich heute nicht neben dir sitzen. Er hat mir das Leben gerettet, damals. Ich hab dir doch schon einmal erzählt, wie ich fast ertrunken wäre.«

»So? Der ist es?«, fragte die Barbara schüchtern und wagte kaum aufzuschauen.

Severin half ihr aus der Verlegenheit, indem er ihr herzlich die Hand hinstreckte und ihr alles Glück wünschte. Der Eggstätter, der ein paar Stühle weiter oben saß, schneuzte sich geräuschvoll und kannte sich überhaupt nicht mehr aus. Die Eggstätterin lächelte breit und gönnerhaft. Man wusste nicht recht, was sie in dem Augenblick dachte. Nur der Lukas sah finster und verbissen drein. Über seinem linken Auge leuchtete eine dunkle, schlecht verheilte Narbe.

Severin musste am Brauttisch Platz nehmen. Er stieß mit den Brautleuten an und brachte auch Ralph und Heike an den Tisch. Der Hochzeiter strahlte über das ganze Gesicht und erzählte jedem, der es hören wollte, dass dieser junge Herr ihm einmal das Leben gerettet habe.

Es ließ sich nicht umgehen: Severin musste wohl oder übel mit der Braut tanzen, und er konnte sich nicht enthalten zu sagen: »Wenn ich das gewusst hätte, Barbara, dann hätte ich mich niemals auf diesen ... Flirt mit dir eingelassen. Ich komme mir heute beinahe niederträchtig vor.«

Da sah ihm Barbara in die Augen und meinte mit einem verschmitzten Lächeln: »Er weiß es ja nicht.«

»Und wird es auch nie erfahren, hörst du? Das darf er nie erfahren!«

Sie schüttelte den Kopf. »Übrigens habe ich ohnehin schon lange alles vergessen.«

»Dann ist es gut. Ich übrigens auch.«

»Es war ja auch weiter nicht schlimm«, wollte Barbara das Gewesene abschwächen.

Darüber konnte man zwar geteilter Meinung sein. Aber Severin unterließ es, ihr zu widersprechen. Er war nur von Herzen froh darüber, wie sich alles doch zum Besten entwickelt hatte.

Die Stunden gingen wie im Flug dahin. Die Hitze im Saal wurde fast unerträglich, durch die offenen Fenster kam wenig Kühlung herein, denn kein Lüftchen war in der sternfunkelnden Nacht, sie war föhnig warm, diese Nacht. Severin, der eine Zeit lang an einem offenen Fenster stand, dachte über die Hügel und Waldberge hinweg zu der kleinen Almhütte hinauf, zu Johanna. Eine unbeschreibliche Sehnsucht erfasste ihn, und er fühlte, wie leer doch sein Leben war, wenn ihm dieses Mädchen fehlte. Da legte sich eine schwere Hand auf seine Schulter. Martin stand hinter ihm.

»Wir fahren jetzt heim«, sagte er und streckte ihm die Hand zum Abschied hin.

Severin wandte sich um. Wie sonderbar ihn diese Worte berührten: ›Heim! Wir fahren heim!‹

Welch tiefer Sinn lag doch darin. Gegenwart und Zukunft umschloss dieses Wort, die Wärme eines Herdes, das Wohlbehütetsein unter schirmendem Dach und noch viel anderes mehr – vielleicht auch die Liebe. ›Glücklich‹, dachte Severin nun, ›waren jedenfalls solche Menschen, die sagen konnten: wir gehen heim.‹

»Ich wünsche dann nochmals alles Gute«, sagte Severin.

»Morgen musst du zu mir kommen.«

Der Martin sagte plötzlich ›du‹, denn er erinnerte sich, dass sie ja auch damals ›du‹ zueinander gesagt hatten. Severin war zu jener Zeit noch ein Student gewesen, und wenn er in den Ferien heimkam nach Hermannshagen, pflegten ihn alle, die dort arbeiteten, mit ›du‹ anzureden bis hinauf zum Inspektor.

»Gut, ich komme morgen. Um welche Zeit?«

»Du kannst kommen, wann du willst. Du bist immer willkommen bei mir.«

Bald wurde das Brautpaar von der Musik hinunterbegleitet. Fast sämtliche Gäste gaben ihm das Geleit bis zur Haustüre. Dort stand eine mit Blumen und Bändern geschmückte Kutsche bereit. Martin hob seine junge Bäuerin in die Polster, stieg dann selbst ein, knallte mit der Peitsche, und die beiden Pferde flitzten in scharfem Trab aus dem Wirtshof. Das Rädergerassel verlor sich bald in der Nacht, und die Musikanten kehrten wieder in den Saal zurück, um von neuem zum Tanz aufzuspielen.

Gegen die neunte Vormittagsstunde des nächsten Tages erschien Severin auf dem Sixtenhof.

Heute begegnete ihm Barbara schon unbefangener, vielleicht war es ihr auch eine kleine Genugtuung, ihm ihren Wohlstand zeigen zu können. Jedenfalls ging sie überall mit hin, wohin Martin seinen Gast führte. Als Severin den letzten Winkel dieses prächtigen Hofes gesehen hatte, war es Mittag geworden, und er musste nun selbstverständlich zum Essen dableiben.

Erst danach fand Severin Gelegenheit, sich dem Sixt anzuvertrauen, und er machte kein Hehl daraus, dass er ihn hauptsächlich deswegen aufgesucht hatte, um ihm seine Pläne unterbreiten zu können. Er sehe es als eine gütige Fügung des Schicksals an, dass er ihn hier gefunden habe. Sie saßen hinter dem Haus auf der Bank unter dem alten Nussbaum, und Martin Sixt hörte aufmerksam zu.

»Und nun möchte ich deine Meinung hören«, sagte Severin abschließend.

Martin schwieg zunächst eine Weile, dachte scharf nach und nickte dann ein paar Mal vor sich hin. »Dein Vorhaben ist nicht schlecht. Ich meine nur, wenn du doch schon einen Hof kaufen willst und Geld ausgibst, dann muss es ja nicht gerade dieser heruntergekommene Margaretenhof sein. Da könnte ich dir schon etwas Besseres auftreiben.«

Severin schüttelte den Kopf. »Du hast mich nicht richtig verstanden, Martin. Ein anderer Hof interessiert mich nicht.«

»Wie du meinst, mir ist es gleich.«

»Mir geht es hauptsächlich darum, dass zunächst niemand erfährt, dass ich der Käufer bin. Ich wollte

dich bitten, dass du für mich das ganze Geschäft ab-
wickelst, denn erstens verstehe ich mich auf diese
Sachen zu wenig, und zweitens will ich vorerst ganz
im Hintergrund bleiben.«

»An mir soll es nicht scheitern. Ich helfe dir dabei
gerne.«

»Ich weiß es, Sixt. Darum bin ich ja auch so froh
über diese Fügung. Seit ich dich damals herauszog
aus dem Wasser, haben wir uns nicht mehr gesehen.
Und ausgerechnet jetzt, wo ich einen Menschen
brauche, der mir bei einer solchen Sache hilft, finde
ich dich wieder.«

Wiederum sinnierte Martin eine Weile, dann
stand er entschlossen auf. »Weißt du, was? Wir gehen jetzt gleich einmal rüber auf den Osterberg und
schauen uns den Hof an. Vielleicht vergeht dir dann
der Appetit darauf.«

Der Margaretenhof war tatsächlich in einem geradezu trostlosen Zustand. Jeder andere hätte
höchstwahrscheinlich wirklich darauf verzichtet, ihn
zu erwerben.

Das Dach war mehr als schlecht, und das Schnee-
wasser so mancher Winter war durchgesickert durch
die Decken bis herunter ins Erdgeschoss. Die Fensterläden hingen schief und farblos in den Angeln.
Die gähnende Leere der Ställe und Scheunen wirkte
auf den Betrachter zusätzlich entmutigend. Es würde schon eine große Portion Optimismus dazu-
gehören, hier neu anzufangen.

Was die Grundstücke betraf, so waren sie alle
verpachtet, und Severin würde, war er erst einmal
Eigentümer, diese Pachtverträge einfach nicht mehr
erneuern.

113

Weil seine Pläne jedem vernünftigen Menschen lächerlich erscheinen mochte, lag Severin viel daran, dass vorerst niemand von ihnen Kenntnis erhielt.

Sixt gelobte Schweigen und versprach, nicht einmal seiner Frau etwas davon zu sagen. Er war nun plötzlich selbst angesteckt von den Plänen des anderen und sah jetzt alles mit dem prüfenden Blick eines Menschen an, der aus dieser Ruine wieder etwas zu machen beabsichtigte. Am dringlichsten war nach seiner Ansicht, dass man so rasch wie möglich einen neuen Dachstuhl aufsetzte und abdeckte, damit der Zerstörung am Mauerwerk Einhalt geboten wäre.

Auf alle Fälle wollte er sich gleich in den nächsten Tagen mit dem derzeitigen Besitzer dieses Hofes in Verbindung setzen. Einen besonders hohen Preis werde dieser kaum verlangen können, aber er werde ihn auf jeden Fall noch ein gutes Stück herunterhandeln. Und plötzlich fiel ihm auch noch ein: »Du brauchst dann natürlich auch eine tüchtige Bäuerin, sonst hat das Ganze nicht recht viel Wert. Aber da sehe ich schwarz, du wirst natürlich eine von der Stadt haben.«

Severin lächelte. Von Johanna sagte er nichts, statt dessen bat er Martin, ihm auch einen fähigen Verwalter zu finden, schließlich sei auch er selbst kein Bauer. Am besten sei einer, der mit einer tüchtigen Frau verheiratet sei, die einstweilen die Aufgaben einer Bäuerin übernehmen soll. Dann erklärte er Martin seine Ideen, wie er den Hof umzugestalten gedenke, denn er beabsichtige, sich dort weiter seiner Kunst widmen. Er wolle sich baldmöglichst mit einem Architekten in Verbindung setzen, mit dem zusammen er einen Plan für die baulichen Veränderungen erstellen müsse. Die Hauptsache aber sei vor allem einmal, dass es dem Sixt gelingen würde, den Hof für ihn zu erwerben.

Martin Sixt war jetzt wirklich Feuer und Flamme für diesen Plan und meinte immer wieder: »Wer hätte denn das geglaubt, dass wir zwei sogar noch Nachbarn werden könnten! Soviel ich weiß, hast du doch nie besonderes Interesse an der Landwirtschaft gehabt. Wer hat denn jetzt Hermannshagen?«

»Mein Bruder hat es übernommen, das heißt, in der Hauptsache regiert dort immer noch Inspektor Wölfert.«

Drunten beim Wegkreuz, wo der Hang des Osterberges sanft auslaufend in die Weidegründe des Eggstätter mündete, trennten sich die beiden mit festem Händedruck. Ging alles so, wie sie es besprochen hatten, so konnte Severin vielleicht vor dem Einbruch des Winters noch auf den Margaretenhof ziehen. Dann würden die guten Dörfler wohl etwas zu klatschen haben.

Im Leben geht es aber meistens nicht so, wie die Menschen es planen und wollen. Als Severin zum Jagdhaus Ludwigsruh kam, war dort für ihn ein Telegramm von seinem Bruder eingetroffen.

»Mutter im Sterben. Komme sofort! Alexander.«

Merkwürdigerweise dachte Severin zuerst an Silvia, der er ihr ja nun wohl gegenübertreten musste. Dann erst begriff er das andere. Die Mutter lag im Sterben! Er hatte nicht einmal gewusst, dass sie krank gewesen war. Natürlich musste er sofort nach Hause fahren. Er sah auf die Uhr. Zwei Uhr nachmittags.

»Ralph, kannst du für mich im Kursbuch nachschlagen, wann und wie ich am besten fahren kann?« Er reichte ihm das Telegramm hin. »Ich muss nämlich unbedingt bevor ich fahre noch schnell etwas erledigen.«

Ralph überlegte nicht lange. »Ich bringe dich am besten mit dem Wagen hin. Bis wann bist du zurück?«

»Spätestens in drei Stunden.«

»Gut! Eine Stunde brauchen wir mit dem Wagen in die Stadt. Aber – sollen wir nicht lieber gleich fahren?«

»Nein, Ralph, ich muss vorher nochmals hinauf zum Eggstätteralm, um Johanna zu informieren. Bis spätestens fünf Uhr bin ich zurück.«

»Auf alle Fälle halte ich den Wagen inzwischen startbereit, damit wir dann gleich abfahren können, sobald du wieder hier bist.«

Schon als Severin mit eilendem Schritt auf die Almhütte zukam, wusste Johanna, dass etwas geschehen war oder mindestens etwas geschehen würde. Und sie erfuhr auch sofort, worum es sich handelte. Noch während Severin ihr, keuchend von der Anstrengung des hastigen Anstiegs, die Hand reichte, sagte er: »Ich muss abreisen, Johanna, meine Mutter ist schwer krank und wird wahrscheinlich sterben.«

»Ja«, sagte sie mit zuckendem Mund. »Dann musst du sofort abfahren. Du hättest eigentlich auf der Stelle losfahren müssen, Severin, und nicht erst zu mir kommen. Der Tod wartet nicht.«

»Aber ich konnte doch nicht fort, ohne es dir wenigstens gesagt zu haben.«

Sie hatte noch immer ihre Hand in der seinen. »Wann fährt dein Zug?«

»Ralph bringt mich mit dem Wagen in die Stadt«, antwortete Severin.

»Ich werde viel an dich denken, Severin.«

»Vielleicht ist da doch noch eine Hoffnung«, meinte er dann, nachdem sie auf der Bank Platz genommen hatten. »Meine Mutter ist ja noch gar nicht so alt. Kaum sechzig.«

»Sicher gibt es noch Hoffnung«, sprach sie langsam. »Und du darfst sie auch nicht allein lassen, hörst du, Severin? Du musst bei ihr bleiben, bis sie wieder ganz gesund ist.«

»Sobald es geht, komme ich wieder zu dir zurück.«

»Oder auch nicht«, antwortete sie mit einer Ruhe, die ihn reizte. Er war überhaupt etwas nervös heute.

»Rede doch keinen Unsinn, Johanna! Du bist immer so voller Misstrauen gegen alles, was ich sage, und gegen mich selbst auch.«

Zwischen ihren Brauen wuchs langsam die steile Falte. Warum schrie er sie denn so an? Gehörte er auch zu jenen Menschen, die heftig werden, wenn man ihnen die Wahrheit sagte?

»Ich rede keinen Unsinn, Severin. Ich weiß nur, was kommen kann!«

»Du weißt gar nichts, Johanna! Auf alle Fälle werden meine Gedanken immer bei dir sein. Ich weiß aber jetzt, dass dein Misstrauen erst dann zu Ende ist, wenn du meine Frau bist. Und das wird früher sein, als du denkst – wenn du mich haben willst.«

Ihr Gesicht zuckte kaum auf bei seinen Worten. ›Du lieber, guter Severin‹, dachte sie, ›gegen eine ganze Welt willst du dich stellen? Warte erst einmal ab, was man sagen wird zu deinen Plänen!‹

»Niemand wird mich hindern können, dich zu lieben«, sprach er jetzt weiter. »Du musst an mich glauben.«

Er nahm sie in seine Arme. »Vergiss mich nicht, Johanna.«

»Bis in alle Ewigkeit nicht, Severin.«

»Ich komme zurück, sobald ich kann.«

»Ja«, sagte sie und sah ihm dabei in die Augen. Sie rührte sich nicht, als Severin sich sanft aus ihren Armen losmachte und davonging. Wie eine Statue aus Marmor stand sie da. Und als er sich nach einer Weile umdrehte und ihr zuwinkte, tat sie dasselbe und rief ihm nach: »Hörst du, Severin? Ich glaube an dich, mag kommen, was will.«

»Ich komme wieder«, klang es zurück.

Sie legte die Hände wie einen Trichter an den Mund, damit er ihren letzten Satz auch ganz bestimmt noch hören sollte, und rief: »Ich glaube dir!«

Umittelbar danach verschwand er im Wald. Johanna aber stand noch eine Weile ganz unbeweglich. Manchmal klang tief vom Wald herauf noch ein eilender Schritt, dann wurde es schließlich still.

Der schwere Wagen Ralph Kirchhoffs hielt vor dem großen Bankhaus Lienhart im Zentrum der Stadt. Severin nahm an, dass er seinen Bruder vielleicht noch dort antreffen könnte. Man gab ihm aber Bescheid, dass der Chef bereits um drei Uhr das Haus verlassen habe.

Ralph wollte ihn nun noch zum Gutshof Hermannshagen, dem Familiensitz der Lienharts, hinausfahren, etwa dreißig Kilometer von der Stadt in nördlicher Richtung. Severin entschloss sich aber, lieber mit der Bahn zu fahren, weil er das Entgegenkommen des Freundes nicht über Gebühr beanspruchen wollte. Es waren nur fünf Stationen zu fahren. Mit einem Taxi ließ er sich zum Gutshof bringen, und während der Fahrt sah er nachdenklich und schweigend aus dem Fenster des Wagens. Wie eine riesige Glocke hing der abendliche Himmel über dem Land. Kein nennenswerter Hügel, kein Wald, der den Namen Wald verdient hätte, nur weite Streifen abgeernteter Felder, über die bereits wieder der Pflug gegangen war, und groß angelegte Viehweiden, von Zäunen eingegattert. Dazwischen ragten ein paar uralte, knorrige Baumriesen mit weit verzweigtem Geäst.

Schließlich bog das Taxi in den Hof ein, machte eine scharfe Kurve und hielt vor der breiten Freitreppe, an dessen Geländer wilder Efeu wucherte. Niemand ließ sich sehen. Erst in der Halle trat ihm der Bruder entgegen.

Severin ließ sich von ihm sofort nach der Begrüßung vom Zustand der Mutter berichten. Woran war sie überhaupt erkrankt? Alexander berichtete, dass vor einigen Monaten bei ihr eine Krebserkrankung diagnostiziert worden sei. Er sagte, dass man versucht habe, sie zu operieren, doch die Krankheit erwies sich als schon zu weit fortgeschritten. Sie habe sich Bestrahlungen unterziehen müssen, und diese hatten zunächst auch Erfolge gezeigt, doch leider nur vorübergehend, wie man nun feststellen musste.

In den letzten Tagen habe sich ihr Zustand sehr verschlechtert, und es gebe nach Aussagen der Ärzte keine Hoffnung mehr.

»Und warum habt ihr mich nicht schon früher benachrichtigt?«

Alexander legte beide Handflächen ineinander. Severin dachte, dass dies die gleiche Geste sei, die auch der Vater häufig gemacht habe.

»Bisher war Mutters Zustand immer gleichmäßig, keineswegs so, dass zur Beunruhigung Anlass gewesen wäre. Und sie war ja selbst immer optimistisch, was ihre Heilungschancen betraf. Es war also kein Grund vorhanden, dich unnötigerweise hierherzurufen, zumal sie selbst es nicht gewollt hat und du es in letzter Zeit ohnehin vorgezogen hast, hier vorbeizufahren, ohne einzukehren.«

Severin merkte die Spitze wohl, aber die Sorge um die Mutter ließ ihn die heftige Antwort unterdrücken, die sich ihm aufdrängen wollte.

»Ich bin nur einmal in der Nähe vorbeigekommen«, stellte er richtig. »Das war damals, als ich von Italien kam. Wo liegt die Mutter?«

»Im Mittelzimmer oben.«

»Weiß sie, dass ich komme?«

»Natürlich weiß sie davon.«

»Willst du mich bitte hinaufbegleiten?«

Diese Bitte stellte Severin nur deshalb, weil er Angst hatte, Silvia allein am Bett der Mutter zu treffen. Und das wollte er vermeiden. Diese Angst war allerdings unbegründet, denn Silvia hatte sich in der vorausgegangenen Nacht mit der Schwester die Wache geteilt und hatte sich nun selbst ein bisschen hingelegt, um sich auszuruhen.

Als die Brüder das Zimmer betraten, wandte die Mutter den Kopf. »Nun bist du also doch gekommen, mein Junge ...« Ihre Stimme war schwach. »Du siehst so gesund und kräftig aus. Es geht dir also gut?«

»Ja, Mutter, mir geht es sehr gut. Und ich bleibe nun bei dir, bis du wieder ganz gesund bist.«

»Warum willst denn auch du mir etwas vormachen, Severin? Oder glaubst du, ich weiß nicht, wie es um mich steht? Man hat doch sicher auch dir schon gesagt, dass keine Hoffnung mehr ist. Also sprich nicht mehr davon. Bleib still sitzen und gib mir deine Hand. Und erzähle mir nun, was du treibst. Sie dürfen mich ruhig allein lassen, Schwester.«

Am oberen Bettrand erhob sich eine Gestalt und wandte sich zum Gehen. Auch Alexander verließ das Zimmer, durch das die Abendsonne nun gedämpft hereinfiel, weil man die Vorhänge zugezogen hatte.

Kaum waren sie allein, flüsterte die Mutter: »Zieh bitte die Vorhänge zurück. Immer lassen sie mich in der Düsternis.« Und als Severin die Vorhänge zurückgeschlagen hatte: »So ist es schön. Hab Dank, Severin. Ich möchte doch noch ein wenig Licht und Sonne haben, bevor die Abschiedsstunde kommt.«

»Du sollst sicher nicht viel reden, Mutter«, meinte Severin besorgt.

»Oh, das macht mir gar nichts aus. Solange die Spritze wirkt, habe ich keine Schmerzen. Erst in einer Stunde etwa werden sie wieder kommen. Dann musst du mir die Schwester rufen. Also – erzähl mir jetzt von dir. Man hat mir gesagt, dass irgendeine

Arbeit von dir in der Ausstellung so großes Interesse erregt hat.«

Severin zog sich einen Stuhl herbei und nahm die Hände der Mutter. »Davon weiß ich ja noch gar nichts. Die Ausstellung ist gestern erst eröffnet worden.«

»Silvia brachte mir heute morgen eine Zeitung, darin stand eine ganze Menge über dich und dein Werk. Dass ich das noch erleben darf, Severin, das macht mich sehr, sehr froh. Sag mir doch – wie es dir all die Zeit gegangen ist.«

Severin erzählte von sich, so wie man einem lieben Kranken erzählt, was ihn vielleicht zu hören freut, und wie man ihm verschweigt, was zu verschweigen ist. Er überging auch seine eigene Krankheit, weil er über die Ursache dieser Krankheit nichts sagen wollte.

Doch als er schließlich auf Johanna zu sprechen kam, wurde Severin lebhaft und beschrieb sie seiner Mutter ausführlich und voller Begeisterung. Seine Augen begannen dabei zu leuchten. Die Mutter hörte ihm aufmerksam zu und registrierte diese Veränderung durchaus.

»Du hättest sie mitbringen sollen«, unterbrach sie ihn schließlich.

»Mitbringen?«, fragte er zweifelnd und schüttelte den Kopf. »Das wäre nicht gegangen. Sie hat ja ihre Pflichten, denen sie nachzukommen hat. Und dann – ich kann mir nicht vorstellen, dass es Alexander angenehm gewesen wäre. Aber eines würde mich interessieren, Mutter, wenn es dich nicht zu sehr anstrengt: Wie kam Alexander zu Silvia – ich meine –, zu dieser Frau?«

Wie das war? Ja, da hätte die kranke Frau weit ausholen müssen, viel weiter jedenfalls, als es ihre Kräfte zuließen. So erfuhr Severin nur in flüchtigen Sätzen, dass die Eisenwerke Nabenburg in eine schwere Krise geraten waren. Alexander hatte persönlich die Gespräche der Bank mit der Führung des angeschlagenen Unternehmens geleitet, und so sei er im Hause Nabenburg mit Silvia zusammengekommen ...

»Ach so?«, sagte Severin, und um seinen Mund zuckte es ein wenig. »War Silvia am Ende der Preis für die Rettung der Nabenburg-Werke?«

»Ich weiß nicht, Severin – da fragst du mich zu viel –, aber die beiden kommen gut aus miteinander.«

Bald darauf begannen die Schmerzen wieder, die von Minute zu Minute heftiger wurden. Severin rief nach der Schwester, und nach der Spritze verfiel die Kranke wieder in einen tiefen Schlaf.

8

Beim Abendessen begegneten sich Severin und Silvia dann endlich.

Alexander sagte leichthin: »Ach so, ihr beide kennt euch ja noch gar nicht. Meine Frau – mein Bruder Severin.«

Die beiden reichten sich die Hand, sahen sich für Sekunden in die Augen. Silvia war immer noch schön wie ein Traum. Nur blass war sie, und um die Augen hatte sie dunkle Ringe von den durchwachten Nächten.

Eine besondere Herzlichkeit hatte zwischen den Brüdern nie bestanden, so dass auch diesmal das Gespräch nur Belangloses brachte.

Plötzlich erinnerte sich aber Alexander: »Übrigens, meine Gratulation. Diese Marmorfigur, die du da geschaffen hast, ist großartig. Mein Urteil dürfte zwar nicht kompetent sein, denn ich verstehe nun leider verdammt wenig von der Kunst, aber man hört es allgemein. Ich war gestern in der Ausstellung. Wirklich – sehr nett.«

»Nett?« Silvia sah ihren Mann verständnislos an. »Ganz nett, sagst du? Mein Lieber, das ist schon eine ziemliche Untertreibung. Es handelt sich um ein hochrangiges Kunstwerk! Auch wenn du selbst nicht viel davon verstehst, so ist es doch das allgemeine Urteil. Liest du denn keine Zeitung, Alexander?«

»Doch, doch. Aber natürlich zuerst den Börsenteil! Du siehst« – er wandte sich an Severin –, »du findest schon hier eine begeisterte Verehrerin deiner Kunst. Es ist zu bedauern, dass Vater es nicht mehr erleben durfte, dass du als Künstler Erfolg hast. Er war ja, wie du weißt, immer sehr skeptisch eingestellt und hätte lieber gesehen, wenn du im Bankfach geblieben wärst.«

›Vielleicht als dein Angestellter?‹, wollte Severin fragen, verbiss es sich aber, weil er sich vor Silvia nicht gehen lassen wollte.

»Ich selbst war noch gar nicht in der Ausstellung«, sagte er dann. »Übrigens – du hast hier einige Veränderungen vorgenommen, wie ich flüchtig bemerkt habe?«

»Ja, es war nötig. Hast du das noch nicht gewusst? Ach, natürlich, du warst ja schon – wie lange warst du eigentlich nicht mehr zu Hause? Es müssen doch bald drei Jahre sein? Und mit dem Schreiben, da hast du dir auch ganz schön Zeit gelassen. Ich hatte mir schon Sorgen gemacht, ob wir deinen derzeitigen Aufenthaltsort überhaupt herausfinden würden.«

»In nächster Zeit hätte ich dir ohnehin ausführlich schreiben müssen in einer dringenden Angelegenheit. Da ich aber nun schon einmal hier bin, können wir uns eigentlich auch gleich hier darüber unterhalten.«

»Bitte, zu jeder Zeit. Um was handelt es sich denn?«

»Ich möchte mir alles zuerst noch einmal genau durch den Kopf gehen lassen, damit ich dir meine Pläne genau beschreiben kann.«

125

»Schön, wie du willst.« Alexander legte die Serviette ab und lehnte sich in seinem Stuhl zurück. Da sagte Silvia: »Wenn ich störe, so ...«

»Aber absolut nicht«, beeilte sich Severin zu sagen. »Was ich vorzubringen habe, darf jeder hören. Geheimnisse habe ich nie gehabt. Nur – einmal.«

Eine flüchtige Röte glitt über Silvias Stirn. Sie wusste genau, was Severin meinte. Alexander sah seine Frau an und lächelte.

»Vielleicht heiratet er demnächst? Habe ich da Recht?«

»Jawohl, erraten.«

»Und darf man wissen, wen?«

»Nein, das darf man eben vorerst noch nicht.«

»Also doch Geheimnisse!«

Da sagte Severin ziemlich frostig: »Soweit ich mich erinnere, hast du es damals überhaupt nicht für angebracht gehalten, mir deine Verheiratung mitzuteilen. Ich las es ganz zufällig in einer Zeitung.«

»Ja, das ging damals sehr schnell. Und dann, man wusste doch deine Adresse nicht.«

Silvia stand jetzt auf und ging hinaus. Alexander zündete sich eine Brasil an und schlug die Beine übereinander. »Bediene dich. Ich weiß nicht, was du rauchst, Zigarren oder Zigaretten? Es ist beides da.«

»Weil wir schon bei dem Thema sind. Wie steht es eigentlich mit meinem Erbteil?«

»Womit?«

»Mit meinem Erbteil.«

»Ach so! Wie es da steht? Ganz einfach. Väterlicherseits bist du ja bereits abgefunden durch dein Studium und die übrigen Zuschüsse. Mütterlicherseits steht dir die Hälfte des Wertes von Hermannshagen zu, abzüglich der Kosten natürlich, die ich bereits durch die Neubauten hineingesteckt habe. Brauchst du es?«

»Ja, ich werde es in allernächster Zeit brauchen.«

»Gut, wie du wünschst. Ich habe mir zwar sagen lassen, dass du mit dem Kerl aus Marmor ein Heidengeld verdienen würdest. Aber wie gesagt, du kannst haben, was dir zusteht. Im Übrigen nehme ich an, dass du uns zu deiner Hochzeit einladen wirst. Wenn ich mir die Zeit irgendwie freinehmen kann ...«

»Ich glaube kaum, dass du wirst überhaupt kommen wollen.«

»Wieso? Wie meinst du das?«

»Meine Braut stammt aus kleinen Verhältnissen.«

»Ach so!« Alexander blies den Rauch seiner Zigarre gegen die Decke. »Na ja, das ist deine Sache und geht mich weiter nichts an.«

»Das ist auch gut so«, sagte Severin trocken und horchte auf ein fernes Klingelzeichen. »Ich glaube, man klingelt aus dem Krankenzimmer nach uns!«

Am nächsten Vormittag trafen sich Severin und Silvia allein. Es war reiner Zufall. Severin ging die lieben alten Wege, die ihm von früher Jugend her noch vertraut waren, stand eine ganze Weile am Wehr, aus dem er einst den Sixten-Martin gerettet hatte, und wandte sich dann in den Park. Dort stand Silvia beim Weiher und fütterte die Wildenten. Zuerst wollte er einen anderen Weg einschlagen und an ihr vorbeigehen, aber sie hatte ihn längst gesehen und rief ihn bei seinem Namen. Es blieb ihm nichts anderes übrig, als umzukehren. »Ja? Was gibt es denn?«

Sie strich etwas verlgegen ihr Kleid glatt und hob den Kopf. »Ich habe gewusst, Severin, dass einmal der Moment kommen würde, wo wir zusammentreffen. Und ich habe immer Angst gehabt vor diesem Zeitpunkt.«

Ganz unwillkürlich erinnerte er sich der brennenden Qual, die er einmal ihretwegen ausgestanden hatte, und ein knabenhafter Trotz übermannte ihn. »Da hat man also Angst gehabt? Und warum?«

»Lass doch bitte diesen Ton, Severin. Du weißt ja nicht, wie es dazu gekommen ist.«

Silvia senkte den Blick.

»Ich weiß genau, dass ich dir Unrecht getan habe, und wenn du mich dafür verdammen willst, werde ich es ohne Widerspruch hinnehmen. Doch als ich deinen Bruder getroffen habe, war es, als ob mich der Blitz getroffen hätte. Ich war vom ersten Moment an sicher, dass er und nicht du der Mann ist, mit dem ich mein Leben verbringen wollte.«

Sie warf einen nervösen Blick auf Severin und stellte erleichtert fest, dass er nicht wütend oder verletzt wirkte. So fuhr sie fort: »Ich hätte Alexander nicht heiraten sollen, bevor ich mich mit dir darüber ausgesprochen hatte, aber ich bin ein Feigling gewesen und habe mich davor gedrückt. Mir erschien es damals so viel einfacher, dich vor vollendete Tatsachen zu stellen. Ich schäme mich dafür.«

Sie machte eine Pause und wartete, ob Severin etwas dazu sagen würde. Doch er schwieg. Wieder war sie es, die weitersprach: »Falls du mir diesen Verrat nicht verzeihen kannst, bitte ich dich, dass wir uns wenigstens deiner Mutter gegenüber nichts anmerken lassen. Sie ist eine gute Frau und sollte nicht jetzt noch mit den Folgen meiner Feigheit belastet werden.«

Severin nickte langsam. »Silvia, ich hätte es vor kurzem noch nicht für möglich gehalten, doch ich weiß jetzt ungefähr, wie es ist, wenn man dem einzig richtigen Menschen begegnet, mit dem man für immer zusammenbleiben will. Ich war außer mir vor Schmerz über deine Treulosigkeit, aber ich verzeihe dir, denn inzwischen sehe ich ein, dass wir beide einfach nicht füreinander bestimmt waren. Ich möchte nur eines wissen: Weiß Alexander, was einmal zwischen uns beiden war?«

»Ich weiß es nicht, Severin. Manchmal habe ich das Gefühl, als wenn er eine Ahnung hätte. Aber er hat noch nie ein Wort gesagt.«

Unwillkürlich hatten sie zu gehen angefangen. Welch schöne Ruhe war in dem alten Park. Ganz eigenartig überkam es ihn, dass er noch einmal an Silvias Seite gehen konnte. Bei der Bank, dort, wo der Blick in die Ferne ging, blieben sie stehen.

»Wollen wir uns setzen?«, fragte er und wartete ihre Antwort erst gar nicht ab. Silvia griff in das Geäst nach einem Buchenblatt, zerrupfte es langsam und sah dabei in die Ferne. Dann wandte sie den Kopf.

»Alexander sagte mir, dass du beabsichtigst, ein Gut zu kaufen?«

Severin lächelte ein wenig. »Es ist kein Gut, sondern ein Bauernhof. Ein schöner, alter Bauernhof, mitten im Gebirge. Alexander denkt wohl, nur wenn er es zu einem Gut hochstilisiert, klingt es auch vornehm genug.«

Jetzt nahm sie neben ihm Platz.

»Ich war bei der Ausstellungseröffnung, und ich habe dein neuestes Werk sehr bewundert. Hast du schon neue Arbeiten angefangen?«

»Noch nicht, aber ich habe schon eine weitere geplant. Ich glaube, ich stehe vor dem Durchbruch als Künstler, Silvia. Nicht wegen des Erfolges, obwohl mich sehr gefreut hat, was du mir gestern gesagt hast. Nein, ich habe nach langem Herumtasten endlich meinen Stil gefunden. Weißt du – ich glaube, das Schicksal hat mich erst durch meine Krisen hindurchführen müssen, um mich an meinen richtigen Platz zu bringen, an dem ich imstande bin, alles aus mir herauszuholen, um es in meiner Kunst ausdrücken zu können.«

Severin kam in ein lebhaftes Erzählen. Ohne dass er es recht merkte, sprach er bald von Johanna, vom Sixt, vom Jäger Anderl und von den Sonnenuntergängen im Gebirge.

Er erzählte ihr von seinem Plan, wie er den alten Hof neu erstehen lassen wollte. Ein großes Atelier wollte er einbauen und eine große Halle zum Lagern des Materials.

Mit leuchtenden Augen hörte Silvia zu. Und als er schwieg, nahm sie behutsam seine Hand.

»Ich wünsche dir alles Gute, Severin. Und hab tausend Dank für dein Vertrauen, das mir beweist, dass du mir wirklich verzeihen konntest und nicht mit Unwillen an mich denkst.«

»Nicht bei mir, bei Johanna müsstest du dich bedanken, Silvia. Sie allein ist die Ursache, dass nicht mehr der leiseste Groll in mir ist.«

»Ich würde es mit Freuden tun, wenn sie hier wäre.«

»Würdest du es auch dann tun, Silvia, wenn Johanna nur eine einfache Hilfskraft auf einem Bauernhof wäre?«

»Auch dann, Severin, denn nach allem, was du mir erzählt hast, muss sie ein wunderbarer Mensch sein.«

Er streichelte über ihre Hände. »Hab vielen Dank.«

Dann standen sie auf und gingen zusammen ins Haus. Hinter ihnen pfiff hell im Buchengeäst eine Amsel.

Am dritten Tag, nachdem Severin gekommen war, starb die Gutsfrau Annemarie Lienhart. Sie wurde in der großen Halle aufgebahrt, und am Abend gingen die Arbeiter des Gutshofs auf leisen Sohlen vorüber und legten rote und blaue Feldblumen an ihrem Sarg nieder. Es war eine ehrliche und tiefe Trauer im ganzen Gut.

Am dritten Tage trug man die Gutsfrau zum Dorffriedhof hinüber, wo sie an die Seite ihres Mannes gebettet wurde. Bei dieser Gelegenheit sah Severin all die Bekannten seiner Jugendzeit wieder, und er spürte es an ihrem Händedruck, dass sie ihm über die Zeit hinaus verbunden geblieben waren.

Für diesen Tag wurde auf dem Gutshof nicht mehr gearbeitet. Ein Teil der Arbeiter war drunten im Dorf geblieben beim Bier, weil es auch hier so Sitte war, dass die Trauergäste auch das Essen und Trinken zur letzten Ehre rechneten, die man einem Toten gibt. Andere aber saßen daheim in der großen Gesindekammer und beratschlagten, wie das nun werden solle ohne die alte Gutsfrau. Sie war streng gewesen, aber gerecht. Wie die junge Frau nun sein würde, das blieb erst abzuwarten. Der Bankier Lienhart auf alle Fälle galt als knauserig und misstrauisch. Da würde man sich seinen Bruder, diesen blonden Severin, schon eher gefallen lassen. Das war ein anderer Schlag!

Im Salon drüben saßen die beiden Brüder mit Silvia und gingen die Beileidstelegramme durch. Und dazwischen fand sich auch ein Telegramm ohne schwarzen Rand, an den Bildhauer Severin Lienhart gerichtet. Es war nach Ludwigsruh gerichtet, von dort aber hierher nachgesandt worden.

Dieses Telegramm brachte eine entscheidende Wende in Severins Leben. Es stammte von der Stadtverwaltung und teilte ihm mit, dass sie sein ausgestelltes Werk gerne erwerben wollte. Er solle dort vorsprechen.

Der Bruder wollte wissen: »Da bekommst du wohl eine Menge Geld dafür? Nein, ich bin nicht neugierig. Ich denke nur, wenn du es gut angelegt haben willst ...«

»Aus dir spricht schon wieder der Bankmensch! Na, jedenfalls werde ich morgen früh mal hingehen.«

Er starrte gedankenverloren vor sich hin und dachte an den Moment, als ihm im Zwielicht der Morgendämmerung die Idee zu diesem Kunstwerk gekommen war. Er hörte das Wasser wieder plätschern und sah es über die gebräunte Gestalt Anderls hinabrinnen. Jetzt stand sein Werk in der Ausstellung, und es sah so aus, als ob er viel Geld dafür bekommen sollte, obwohl er während der ganzen Zeit des Schaffens nie an Geld gedacht hatte.

Alexander nahm ihn am nächsten Morgen im Auto mit zur Stadt, und Severins erster Gang war gleich in die Ausstellung.

Der Kulturausschuss empfing ihn mit aller Hochachtung.

»So jung sind Sie noch?«, sagte einer der Herren erstaunt oder enttäuscht, das war nicht recht zu erkennen. Severin hörte viele Namen und hatte sie im nächsten Augenblick wieder vergessen. Wichtig schien ihm nur das, was sein Werk betraf, und da hatte sich der Ausschuss bereits einstimmig entschlossen, es in den Besitz der Stadt zu bringen. Severin wusste nicht, dass es eine ganze Reihe weiterer Kaufinteressenten gab, darunter mehrere private Sammler.

Durch den Trauerfall und seine plötzliche Reise nach Hermannshagen war alles ein wenig durcheinandergeraten, da die Post erst weitergeleitet werden musste. Er bekam sie ein paar Tage später. Neben den verschiedenen Kaufangeboten erhielt er auch das Angebot einer rheinischen Industriestadt zur Erstellung einer großen Denkmalfigur für einen bekannten Industriemagnaten.

Severin wurde in den nächsten Tagen mit Post geradezu überschwemmt. Brüssel und Antwerpen bestellten je einen Guss des Werks. Für das Jagdhaus eines Fabrikanten sollte er eine Diana arbeiten, eine französische Gräfin lud ihn auf ihr Besitztum in Südfrankreich ein, damit er ein Urteil abgebe über die Plastiken, die ihr Mann seit Jahrzehnten aus irgendeiner Sammlerleidenschaft heraus zusammenkaufte. Und eine ganze Reihe von Briefen stammten von ganz normalen Ausstellungsbesuchern, die ihn zu seinem Mut zum Naturalismus beglückwünschten.

Auch die Kritik klatschte ihm nahezu einhellig Beifall, was ihn dann doch überraschte. Eigentlich hatte er mit mehr Widerspruch gerechnet, damit, dass ihm vorgeworfen wurde, Kitsch zu produzieren, oder gar Vergleiche mit der Kunst dunklerer Zeiten angestellt und ihm übel vermerkt würden. Doch es schien, als sei die Zeit einfach reif gewesen für sein Werk. Der Widerspruch gegen seine Kritiker, den er im Geiste schon fertig ausformuliert hatte, blieb unveröffentlicht, denn er wäre nur ins Leere gelaufen.

Ja, sogar Alexander fühlte sich bemüßigt, der hohen Kunst seinen Tribut zu zollen, indem er meinte, man könne im Bankhaus, im Foyer, vielleicht irgendeine Büste anbringen.

»Irgendeine Büste?«, fragte Severin. »Mein lieber Alexander, wenn schon eine Büste, dann könnte es nur eine Büste unseres Vaters sein, der ja schließlich der Begründer des Bankhauses war. Und damit du dir darüber keine großen Gedanken machst, an die Büste werde ich gelegentlich herangehen. Vielleicht, dass ich sie dir als Weihnachtsgeschenk übermittle.«

»Schenken?« Alexander presste wieder die Finger gegeneinander. »Ich weiß nicht. Jede Arbeit ist ja schließlich ihres Lohnes wert. Und – man will ja schließlich auch einmal etwas tun für die Kunst.«

›Diese Erkenntnis kommt dir reichlich spät‹, dachte Severin. Aber er sagte nichts, weil er die Stimmung nicht verderben wollte.

Im Übrigen war sein Entschluss bereits gefasst. Das Angebot der Stadt im oberen Rheinland reizte ihn, und er wollte nun auf alle Fälle einmal hinfahren und nähere Verbindung aufnehmen. Auf dem Rückweg wollte er dann hier noch mal vorbeikommen und wegen seines Erbteils alles in Ordnung bringen.

»Warum?«, fragte Alexander. »Das können wir auch jetzt gleich erledigen. Solche Sachen schaffe ich am liebsten sofort aus der Welt. Ich habe deinen Anteil bereits ausgerechnet, und du kannst darüber verfügen. Ich denke, dass du es in der Bank lassen solltest. Ich gewähre dir einen Ausnahmezinssatz.«

»Nein, danke, du weißt ja, was ich vorhabe.«

»Ach ja, du wolltest doch da irgend so ein halb verfallenes Bauerngut kaufen. Findest du diese Idee nicht etwas unpassend? Ich meine – als erfolgreicher Künstler.«

»Genauso könnte ich sagen, du hast das Bankhaus, und Hermannshagen sei deshalb für dich überflüssig.«

»Das ist doch ein kleiner Unterschied! Das Bankhaus und Hermannshagen gehören doch schon immer zusammen. Aber es ist ja deine Sache, wie du über dein Geld verfügen willst. Ich dachte nur, dass du einem fachmännischen Rat nicht abgeneigt wärest.«

»Deines fachmännischen Rates hätte ich vielleicht früher bedurft – jetzt nicht mehr. Jetzt kann ich mir mein Leben aufbauen nach meinem Geschmack, notfalls auch ohne das mütterliche Erbteil.«

Alexander kräuselte die Lippen. Er wusste ganz gut, worauf Severin anspielte. Schließlich hatte dieser von ihm nicht die kleinste Unterstützung bekommen, als ihm der Vater damals die finanzielle Unterstützung versagt hatte. Aber nun hatte sich Severin letztlich dennoch durchgesetzt. Vielleicht würde er ja eines Tages vor ihm stehen und fragen, was Hermannshagen kosten solle.

»Deine Braut –», sagte er plötzlich. »Sie wird natürlich eine entsprechende Mitgift haben?«

Severin schmunzelte. Diese Frage hatte ja kommen müssen!

»Meine Braut? O ja – ich bin zufrieden mit dem, was sie mitbringt. Das ist ein Herz voller Güte und zwei starke Arme, die jede Arbeit anpacken können.«

»Wie bitte? Du scherzt wohl!«

»Aber keineswegs!«, lachte Severin. »Mir war vielleicht in meinem ganzen Leben noch nie so ernst zumute wie in dieser Frage. Johanna hat nicht viel mehr als das, was sie am Leibe trägt, vielleicht noch ein paar Spargroschen dazu.«

Alexanders Stirne war rot angelaufen.

»Das hätte ich eigentlich erwarten können. Ich nehme an, dass du keinerlei Wert auf irgendwelchen verwandtschaftlichen Verkehr legst. Geh, und tu, was du nicht lassen kannst. Verständnis habe ich allerdings nicht für diesen Unsinn.«

»Das habe ich auch nicht erwartet, und ich habe es auch gar nicht nötig, mir von dir deine Einwilligung erteilen zu lassen.«

Hier mischte sich nun Silvia ein. Sie wollte um keinen Preis, dass die Brüder in Feindschaft auseinander gingen.

»Alexander, sei doch nicht so stur! Ich weiß gar nicht, was du hast. Es gibt eben Dinge, die der Mensch tun muss, ob er will oder nicht.«

Alexander verzog den Mund zum Lächeln.

»Ja, natürlich, wie solltest du ihn nicht verstehen. Ihr seid doch früher schon ein Herz und eine Seele gewesen.«

Silvia wurde blass. Da tönte dicht neben ihr Severins Stimme hell und scharf. »Willst du dich nicht deutlicher ausdrücken?«

»Oh, bemüht euch doch nicht. Ich weiß alles, fand es aber nie der Mühe wert, Notiz zu nehmen von eurer kleinen Liebelei. Wann willst du reisen? Wahrscheinlich mit dem Mittagszug? Ich werde dir ein Taxi besorgen.«

Damit verließ Alexander das Zimmer, und die beiden standen voreinander wie zwei arme Sünder. Tränen perlten über Silvias Wangen.

»Lass gut sein, Silvia«, sagte Severin leise. »Ich wollte, ich hätte dir diesen Moment ersparen können. Dass er von uns gewusst hat und dich trotzdem mir weggenommen hat, das finde ich aber ungeheuerlich. Wir werden uns kaum wiedersehen, Silvia. Wenigstens hier nicht. Ich bin nur sehr froh, dass du verstehst, was ich jetzt tun muss.«

»Und wohin gehst du jetzt?«

»Ich reise jetzt zunächst einmal an den Rhein und höre mir an, was sie dort für Vorstellungen von ihrem Denkmal haben. Dann gehe ich zurück nach Ludwigsruh.«

Severin packte schnell seine Sachen, schrieb flüchtig noch ein paar Zeilen an Johanna, dass sie sich noch eine Woche gedulden solle, und verließ das Haus. Vor der Freitreppe stand schon das Taxi. Alexander war nirgends zu sehen. Silvia empfand es beschämend, aber Severin lächelte nur darüber, stieg ein und reichte Silvia die Hand.

Nein, das hatte Severin nicht erwartet. Er hatte herfahren wollen, um überhaupt erst einmal in Kontakt zu kommen mit den Leuten. Aber das Kollegium, das sich in der Denkmalsfrage zusammengefunden hatte, empfing ihn so, als hätte er den Auftrag bereits angenommen.

Man hatte ein Preisausschreiben veranstaltet, aber die eingegangenen Entwürfe entsprachen nicht den Anforderungen. Sie wurden Severin vorgelegt, endlose Debatten lösten einander ab, Severin machte sich mit der Idee vertraut und entwarf mehrere Skizzen nach Bildern des Toten, der sich um die Stadt sehr verdient gemacht hatte. Ein Platz war nach ihm benannt worden, und diesen sollte ein Denkmal schmücken.

Dann war es schließlich schon wieder so weit, dass Severin wegfahren wollte, als man ihn noch in das Atelier führte, in dem er die Arbeit ausführen sollte. Da begann Severins Herz heftig zu schlagen, und es erfasste ihn plötzlich wie ein Rausch: Eine hohe helle Halle, fast nur aus Glas. Draußen zog majestätisch der Strom vorbei. Der Raum lag zu ebener Erde, damit man das Material bequem hereinfahren konnte. Ein paar Riesenblöcke lagen noch völlig unberührt neben dem kleinen Rollgeleise. Auf Severins Befragen erklärte man ihm, dass dies der Nachlass eines verstorbenen Bildhauers sei, der ihn der Stadt hinterlassen habe.

Severins Hände glitten liebkosend über den grauen Granit, und da war es, als begänne das Werk unter seinen Händen zu wachsen. Er ging um den einen Block herum, prüfte ihn, schlug da und dort mit einem Hammer dagegen, setzte einen Meißel an,

warf Hut und Mantel beiseite und vergaß die Welt
um sich. Er wusste nicht, wie lange es gedauert hatte, bis er wieder zu sich kam, aber als er aufsah, war
er allein in dem großen Raum. Die Herren waren
stillschweigend gegangen. Über den Strom fiel das
Licht der Abendsonne, ein schneeweißes Schiff zog
stromaufwärts, eine Glocke schlug an, auf dem Ver-
deck standen Leute und sahen interessiert zu ihm
herüber. Severin sah sich im Raum um und atmete
tief. Und fühlte, dass er unerbittlich diesem neuen
Werk verfallen war.

Am nächsten Morgen schon kamen Monteure in
blauen Kitteln ins Atelier, brachten mit Flaschenzü-
gen den Granitblock in die richtige Lage, bauten ein
Gerüst herum, legten Lichtleitungen und bauten
Scheinwerfer ein.

Ein paar Stunden später stand Severin schon auf
dem Gerüst und begann mit seiner ersten großen
Auftragsarbeit.

Spät in der Nacht erst fiel es ihm ein, dass er unbedingt an Johanna schreiben müsse. An Johanna,
und natürlich auch an Martin Sixt. Letzterem wollte
er gleich morgen noch eine größere Summe überweisen, damit er mit dem Erwerb des Margaretenhofes nicht aufgehalten war. An Johanna aber
schrieb er: »Meine liebe Johanna! In meinem letzten
Brief habe ich dir mitgeteilt, dass meine Mutter gestorben ist und dass ich mich noch um die Auftrags-
anfrage kümmern müsse, die ich gerade bekommen
habe. Ich bin also in jene Stadt gefahren, nur um eine Besprechung mit meinen Auftraggebern zu führen. Doch nun bin ich doch fürs Erste hiergeblieben.
Plötzlich hat es mich einfach erfasst und nicht mehr

losgelassen, als ich das Material begutachtet habe, mit dem ich arbeiten soll. Nun bin ich schon völlig in meiner Aufgabe versunken, und ich fühle ganz deutlich, dass ich jetzt mit ihr anfangen musste, sonst wäre dieser Funke wieder erloschen. Wenn du das doch verstehen könntest, liebe Johanna. Ich würde mich sehr viel ruhiger fühlen, wenn ich wüsste, dass du mir nicht übel nimmst, dass ich im Moment einfach diese Aufgabe nicht im Stich lassen kann!

So fern von dir fühle ich erst recht, wie tief ich mit dir verbunden bin. Jeder Tag ohne dich schiene mir ein verlorener meines Lebens, wenn mich diese gewaltige Arbeit nicht in ihren Bann gezogen hätte. Oder, weißt du was? Lass doch alles liegen und stehen dort und komm auf schnellstem Wege zu mir! Schreibe mir bitte so rasch wie möglich, ob sich das irgendwie einrichten lässt. Ich werde dir dann Geld überweisen für die Fahrt. Ich habe große Sehnsucht nach dir. Bis dahin in aller Herzlichkeit und Liebe, dein Severin.«

Als der Brief fort war, dachte er, dass er vielleicht zu wenig von Liebe geschrieben habe. Aber war es denn bei Johanna überhaupt angebracht, hochtrabende Worte zu machen? So einfach und schlicht, wie sie war, musste auch das sein, was man ihr sagen konnte. Und die Hauptsache war ja, sie wusste, dass er sich sehnte nach ihr und dass sie zu ihm kommen sollte.

Zuweilen, mitten in der Arbeit, hielt er inne und schaute über den Strom. Es wurde schon langsam herbstlich. Das Strauchwerk in den Gärten am anderen Ufer begann in satter Schönheit zu leuchten, und die Frühnebel lagen zäh und viel länger als sonst über dem Strom.

Jeden Vormittag, wenn die Post kam, setzte sein Herz einen Schlag aus. Heute musste doch von Johanna etwas dabei sein: Er wartete und wartete. Es kam kein Brief von Johanna, und nachdem er zuerst sehr beunruhigt darüber gewesen war, schlug seine Stimmung schließlich in ein Gefühl der Kränkung um, denn es wäre doch wirklich nichts dabei gewesen, wenn sie ihm geschrieben hätte! Dann wieder glaubte er, dass sie ihn vielleicht überraschen wolle. Ja, ja, ganz sicher würde es so sein. Eines Tages würde die Türe aufgehen, und Johanna würde dastehen. So schwankte seine Stimmung oft mehrmals am Tag. Seine Arbeit begann darunter zu leiden. Der Stein schien sich ihm förmlich zu verschließen.

Severin fühlte sich leer und ausgepumpt. Es hatte wenig Zweck, so weiterzumachen, beschloss er schließlich. Aufhören war wohl das Beste, was er tun konnte. In dieser Stimmung konnte ein einziger Schlag an dem werdenden Denkmal ein Fehler werden, den er mit nichts mehr wieder gutmachen konnte.

Severin schrieb einen Eilbrief an Johanna, legte einen frankierten Umschlag bei für ihre Rückantwort, um die er möglichst postwendend bat, und dachte, dass er ja nun wohl endlich mit einer Antwort würde rechnen können.

Er rechnete sich aus, dass in etwa vier Tagen die Antwort eintreffen könnte, fuhr inzwischen rheinabwärts bis Koblenz und von dort durch das Moseltal. Severin wollte nur zwei oder drei Tage bleiben, aber es wurden sechs daraus. Die Schönheit der

Landschaft fesselte ihn, und ebenso die Menschen, denen er begegnete. Von so manchem fertigte er Skizzen an in der Absicht, später vielleicht einmal Köpfe wie diese für sein Werk zu verwenden. Schließlich sagte er sich aber, es sei ja wohl lächerlich, Johanna um solche Eile zu bitten und sie dann womöglich unnötig warten zu lassen. Was musste sie von ihm denken? Er brach die Reise ab und kehrte in sein Atelier zurück.

Johanna war nicht gekommen und hatte nicht geschrieben. Ein Stich bitterer Enttäuschung war das für ihn, doch zugleich spürte er in sich wieder den Funken, mit dem er die Arbeit ursprünglich begonnen hatte. Es war an der Zeit weiterzumachen! Sein Werk machte in diesen Tagen sehr große Fortschritte.

9

Die letzten Spätherbstwochen versanken in Tagen voll grauen Nebels, bei dem man nicht mehr über den Fluss sah. Wie aus einem Schatten herauf tönten die Sirenen der Schiffe mit ihren Schleppkähnen. Die Landschaft wurde traurig und einsam. Und als übertrage sich diese Wandlung der Natur ins Schwermütige auf ihn selbst, saß er jetzt zuweilen des Abends da, von trübseligen Gedanken übermannt.

Wie konnte es nur möglich sein, dass Johanna ihm nicht antwortete? Hatte sie ihn denn schon vergessen?

Sie hatte immer ein wenig in Rätseln gesprochen, wenn es sich um die Zukunft drehte. Aber es hatte aus ihrem Munde stets so geklungen, als wenn sie gerade ihm keine Beständigkeit zutrauen könne.

Immer wieder dachte er an den Augenblick, als er ihr erstmals begegnet war. Und er erlebte all die Stunden mit ihr im Geiste wieder und wieder nach und erkannte, dass sie auch in der Erinnerung nichts von ihrem Zauber verloren hatten.

War das alles aus ihrer Sicht nur eine Spielerei gewesen? Nein, das war völlig undenkbar! Aber, was wenn es trotzdem ...?

Wenn er hier fertig war, würde er sofort zu ihr fahren, beschloss er. Und das würde nun nicht mehr lange dauern, denn seine Arbeit war nahezu fertig gestellt.

In diesem Jahr fiel der Winter über die Berge und Täler ganz blitzartig und ohne jede Vorankündigung her. Das hatten selbst die ältesten Bewohner noch niemals erlebt. Schon Anfang Oktober fiel in einer Nacht eine Unmenge Schnee, nachdem am Abend vorher die Sonne noch mit großem Abendrot verschwunden war. Um Mitternacht aber hob ein Sturm an, der über eine Stunde lang währte. Dann fiel Schnee, ganz ruhig, aber in großen Flocken und ohne Unterlass.

Als die Sennerinnen am Morgen die Türen öffneten, erschraken sie heftig: Sie waren abgeschnitten von aller Welt. Ringsum lagerte der Schnee fast einen halben Meter hoch. Das Vieh in den Ställen brüllte, ja teilweise hatte man es sogar noch über Nacht draußen gelassen, weil man nicht geahnt hatte, dass das Wetter so abrupt und heftig umschlagen würde. Die Tiere standen nun frierend im Schnee und begriffen nicht, wieso ihnen über Nacht alles Futter entzogen worden war.

Johanna warf Heu für das Vieh vom Boden herab und ging dann unverzüglich daran, für den Abtrieb zu rüsten. Alles wurde ordnungsgemäß aufgeräumt und verwahrt. Die nach ihr im nächsten Jahr hier wirtschaften würde, sollte alles in bester Ordnung finden.

Mitten in der Arbeit hielt sie plötzlich inne, ließ die Hände in den Schoß sinken und saß einige Zeit lang ganz unbeweglich da, als horche sie in sich hinein. Jetzt, da sie von hier fortgehen musste, konnte sie es nicht mehr verdrängen. In der Hast und Fülle von Arbeit, die es in den letzten Wochen gegeben hatte, war ihr ihre Verlassenheit gar nicht so schwer zum Bewusstsein gekommen. Da waren nur immer die langen Abende gewesen und die Nächte, in denen sie jenem Glück nachträumte, das dieser Sommer ihr in so reichem Maße beschert hatte.

Wie hatte sie diesen Mann geliebt! Nie würde jemals ein Mensch das erahnen können. Und sie war eine Närrin gewesen, weil sie geglaubt hatte, dieses Glück könne wirklich ein ganzes Leben lang währen.

Es fiel immer noch Schnee. Zuweilen krachte vom nahen Wald herüber ein brechender Ast. Sonst war die Welt ganz still, als wäre sie in einen tiefen Schlaf gesunken.

So war eben der Lauf der Welt. Man durfte keine Wunder erwarten. Nach so einem Glück musste doch zwangsläufig die Leere folgen, das Ende. Und doch, es tat weh, sich eingestehen zu müssen, dass dieses Ende gekommen war! Er hatte ihr doch so fest versprochen, wiederzukommen. Aber nicht einmal geschrieben hatte er ihr. Er war einfach wieder zurückgekehrt in seine Welt, und nun war sie für ihn sicher nicht mehr als eine flüchtige Erinnerung.

Johanna Kainz weinte plötzlich. Wahrhaftig, nun saß sie in der kalten Sennhütte und weinte zum ersten Mal um ihre Liebe. Doch dann hob sie plötzlich den Kopf und lauschte. Draußen fiel der Schnee, und plötzlich waren die Stimmen deutlich zu hören, die sie zunächst nur flüchtig und von ferne vernommen hatte.

Johanna erhob sich und wischte die Tränen fort. Über den Hang hinauf wateten die Leute des Eggstätterhofes durch den Schnee, der Bauer an der

Spitze des Trüppchens. Sie hatten sich gleich in der Frühe aufgemacht, um Johanna mit ihrer Herde hinunterzubringen.

Es dauerte nur eine Viertelstunde, dann war es so weit. Als Johanna die Hütte abschloss und den Schlüssel dem Eggstätter übergab, war ihr zumute, als wäre dies das endgültige Ende ihrer Liebe.

Es war ein mühsamer Abtrieb durch den hohen Schnee. Die Tiere, vom Schnee geblendet, wollten sich nur widerwillig in eine Ordnung zwängen lassen. Erst weiter unten im Wald ging es besser. Johanna ging mit dem Eggstätter jetzt voraus, die anderen trieben hintennach. Sie sprachen von diesem und jenem, und dann fragte Johanna so nebenbei: »Post ist für mich wohl nicht gekommen?«

Der Eggstätter schüttelte den Kopf. »Mir ist nichts bekannt. Nein, nein, das müsste ich ja wissen.«

Das war ihre letzte Hoffnung gewesen: Dass durch irgendeinen dummen Zufall ihr die Post nicht weitergegeben worden war. Nun war auch die zunichte geworden. Severin hatte offensichtlich nicht geschrieben.

»Wenn ein Brief gekommen wäre für dich, dann hätten wir ihn dir schon raufgeschickt«, sagte jetzt der Bauer. »Hast du einen erwartet?«

»Einen Brief? Nein, nein, ich fragte nur so.«

Nun kamen sie schon in die Nähe des Jagdhauses Ludwigsruh. Der Schnee war hier schon lange nicht mehr so hoch, und je weiter sie hinunterkamen, desto weniger wurde er. Auf einmal blieb Johanna betroffen stehen und deutete mit der Hand zum Osterberg hinüber.

»Was ist denn das dort?«

Der Eggstätter folgte ihrem Blick. »Ach so, das weißt du ja noch gar nicht! Den Hof drüben hat einer gekauft und lässt ihn ganz neu herrichten.«

»Wer hat ihn gekauft?«

»Das weiß man nicht. Ich hab den Sixt schon einmal gefragt, weil er öfters droben ist und sich um den Umbau kümmert, aber aus dem bringt man nichts heraus.«

Der Margaretenhof hatte also wieder einmal den Besitzer gewechselt. Und da der neue Eigentümer so viel Geld hineinzustecken gewillt war, musste man davon ausgehen, dass es diesmal sogar Bestand haben mochte.

Damit versank ein letzter geheimer Wunsch Johannas unerbittlich in die Tiefe. Freilich, sie hätte ja niemals das Geld aufbringen können, trotzdem aber tat es sehr, sehr weh in diesem Augenblick, als sie das neue Dach mit dem dunklen Gebälk und das Gerüst auf der Vorderseite sah.

Die Eggstätterin stand unter der Türe des Hofes, als sie mit der Herde heimkamen. Prüfend gingen ihre Augen über die wohlgenährten Tierleiber hin, und sie nickte zufrieden vor sich hin. Johanna hatte wie immer gute Arbeit geleistet, das konnte man wohl sagen.

Sie nickte ihr freundlich zu, stutzte dann plötzlich und fasste sie stirnrunzelnd etwas schärfer ins Auge. Doch sie sagte nichts, sondern sah dann wieder weg und begann, von belanglosen Dingen zu reden.

Endlich war das Vieh angekettet und alles fertig.

Während des Essens fragte der Bauer einmal: »Post ist doch nicht gekommen für die Johanna?«

»Post?«, fragte die Bäuerin. »Nein, ich habe jedenfalls keine gesehen.«

Lukas löffelte ruhig weiter. Er verzog nur für einen Moment den Mund ein wenig und dachte an die drei Briefe für Johanna, die er unterschlagen hatte. Es lag ihm jetzt nichts mehr an dieser Johanna, nein, nein. Die Narbe über seinem linken Auge war als eine unliebsame Erinnerung an ihre letzte Begegnung geblieben. Und – sie sah ihn zuweilen mit einem solch durchdringenden Blick an, dass es ihm durch und durch ging. Gerade, als ob sie etwas wüsste von ihm.

Er wusste nicht, wieviel sie von seinem Geheimnis wusste oder ahnte, doch er war verunsichert. Um die Alm hatte er von jenem Tag an einen weiten Bogen gemacht.

Doch als er eine solche Gelegenheit zur Rache bekommen hatte, wollte er sie sich natürlich nicht entgehen lassen.

Gewiß, der Zufall hatte auch mitgespielt. Er war gerade allein im Hof gewesen, als der Postbote kam. Ein Brief an Johanna Kainz, ob er ihn an sie weitergeben könne? Später kamen noch zwei weitere. Was hätte er tun sollen, nachdem er den ersten schon unterschlagen hatte? Auch interessierte es ihn, was der Mann schrieb. Sein Gewissen belastete das in keiner Weise.

Was die Eggstätterin im ersten Augenblick, als sie Johanna mit der Herde auf den Hof zukommen sah, instinktiv erahnte, wurde bald zur Gewissheit. Es ließ sich nicht mehr leugnen, und Johanna tat auch wirklich nichts, um es zu verheimlichen.

Mit einer Mischung aus Freude und Schrecken hatte sie das erste Anzeichen des neuen Lebens in sich wahrgenommen. Die anderen freilich, die steckten am Hof die Köpfe zusammen und tuschelten hinter ihr her. Und es war kein Mitleid für sie zu spüren, sondern nur Gehässigkeit und Zorn. Warum verkroch sich diese Johanna nicht vor Schande und Scham? Wer war sie denn, dass sie trotz ihres unübersehbaren Zustands so stolz durch diesen grauen Vorwinter ging?

Eines Sonntags ging sie zum Bauern, der in der guten Stube gerade die Lohnabrechnungen für seine Leute schrieb, und fragte ihn ohne Umschweife, ob er sie zum nächsten Sommer wieder haben wolle für die Alm. Der Eggstätter legte seine Sonntagszigarre fort, sah sie eine Weile nachdenklich an und deutete dann auf die Bank.

»Setz dich hin, Johanna, darüber müssen wir noch einmal reden.«

Obwohl Johanna eigentlich eine klare Antwort auf ihre Frage gewünscht hätte, setzte sie sich gehorsam nieder.

»Das ist so eine Sache«, begann der Eggstätter. »Offen gesagt, mich stört es nicht, dass du was Kleines herbringst auf den Hof. Aber die Bäuerin ist dagegen.«

»Dann sind wir eigentlich schnell fertig mit dem Reden, Bauer.«

»Nein, so schnell geht es dann doch nicht. Ich muss nämlich sagen, Johanna, verlieren möchte ich dich gar nicht gerne. Aber wie gesagt ...«

Johanna hob die Augen. »Ich weiß, dir geht es nur um den Hausfrieden.«

Er nickte vor sich hin und strich sich mit gespreizten Fingern über das schüttere Haar. »Die Bäuerin liegt mir dauernd in den Ohren. Es ist oft nicht mehr zum Aushalten. – Wer ist denn eigentlich der Vater?«

Johanna antwortete nicht. Sie schaute zum Fenster hinaus. Weiß und sauber leuchteten jetzt die Mauern des Hofes vom Osterberg herüber.

»Wird es dadurch anders, wenn du es weißt?«, fragte Johanna schließlich.

»Das nicht. Aber du tust mir Leid.« Der Bauer zögerte kurz, dann sagte er: »Vielleicht wäre es gut, wenn du jetzt – vorübergehend – erst einmal dein Kind an einem anderen Ort zur Welt bringen würdest. Du hast doch sicher irgendwo Verwandte? Und danach, Johanna, dann kommst du wieder. Das ist wohl das Vernünftigste in so einem Fall.«

»Ja, ja, es wird wohl so das Vernünftigste sein«, antwortete Johanna und ging aus der Stube in dem Wissen, dass sie nun den Hof verlassen musste. Sie spürte, dass sie niemals dorthin zurückkehren würde.

Ein paar Tage später verließ sie den Eggstätterhof. Aber sie wollte nicht zu Verwandten gehen, denn sie hatte keine. Ihr Entschluss stand fest: Sie musste Severin finden, dort in der Stadt. Wenn er sie auch vergessen haben sollte, aber etwas Hilfe würde er ihr doch für das Kind geben können. Es war doch auch sein Kind!

Vom Jäger Anderl hatte sie ungefähr erfahren, wo sie ihn finden oder wenigstens etwas über seinen Aufenthalt erfahren könnte. In der grauen Morgenfrühe verließ sie den Eggstätterhof. Niemand sah sie, als sie mit ihrem schweren Koffer durch die hintere Tür das Haus verließ.

Johanna ging nicht durch das Dorf, sondern machte einen Umweg zum Bahnhof. Es war jetzt gegen Ende November, und der Schnee lag schon hart und gefroren auf Feldern und Wegen.

Immer trauriger wurde Johanna zumute. Einmal hielt sie kurze Rast, setzte sich auf den Koffer und schaute über die weißen Hügel, die man nur erahnen konnte, weil die Dunkelheit des Novembermorgens noch alles verhüllte. Nur ab und zu war von einer Höhe ein Licht zu sehen, das auf einen Hof dort hindeutete. In der Ferne hörte sie einen Güterzug poltern, sein rotes Schlusslicht huschte durch die Dunkelheit.

Dann erreichte sie den Bahnhof. Im Wartesaal saßen nur ganz wenige Menschen. Langsam dämmerte nun auch draußen der Tag. Und als sich am Schalter endlich das Fenster hob, ging Johanna hin und löste sich eine Fahrkarte.

Es wurde endgültig Tag, und als der Zug einfuhr, sah man schon die Berge mit den weiß bedeckten Gipfeln. Nach ungefähr einer Stunde Fahrt begegnete der Zug einem anderen, der südwärts fuhr. Johanna, die ihre Stirn an die Scheibe gelehnt hatte, fuhr aufgeschreckt zurück bei dem Dröhnen, das am Fenster vorüberglitt.

In diesem Zug aber saß Severin Lienhart, der gerade nach Bernbichl fuhr.

Severin Lienhart ging mit dem Sixten-Martin zum Margaretenhof hinauf. Er hatte allen Grund, mit dem Martin zufrieden zu sein. Besser hätte auch ein Rechtsanwalt seine Interessen nicht wahrnehmen können. Der Hof war zu einem günstigen Preis erworben worden, die Renovierungen und Umbauten waren bereits erledigt, er brauchte nur noch dort einzuziehen.

Severin hatte dem Sixt lediglich eine Skizze gesandt, wie er die Einteilung der Zimmer haben wollte, wie groß das Atelier sein müsse und so weiter. Martin hatte dann mit dem Maurermeister und mit den Zimmerleuten verhandelt, er kümmerte sich einfach um alles, als ob es für ihn selber sein sollte. Es war aber auch eine wahre Lust, auf solche Art und Weise arbeiten zu können, ohne ständig die Pfennige herumdrehen zu müssen. Severin hatte mehr als ausreichend Geld zur Verfügung gestellt. Die Ställe standen nun voll mit gutem Zuchtvieh, die Arbeiter waren eingestellt worden, und ein Verwalterehepaar führte das Kommando.

»Wenn ich dir raten darf, Severin, dann behalte den Verwalter. Der Mann versteht etwas von der Wirtschaft, und seine Frau steht dem Haushalt vor wie eine richtige Bäuerin. Bis du heiratest, brauchst du ja noch jemanden im Haus, auf den du dich verlassen kannst.«

»Aber das ist doch selbstverständlich, dass die Leute bleiben«, antwortete Severin, aus seinen Gedanken aufgeschreckt. Er hatte soeben an Johanna gedacht. Ihretwegen hatte er eigentlich diesen Hof gekauft, und dabei wusste er überhaupt nicht, woran er nun bei ihr war! Nun, die nächsten Tage würden auch hier Klarheit schaffen. Vielleicht würde er ihr morgen schon gegenüberstehen. Und dann ...?

Dann standen sie schon vor dem Haus, und er wurde von einem schwer zu beschreibenden Glücksgefühl überwältigt. Nun hatte er ein Zuhause, von dem er reden würde, wenn er zu jemandem sagte: »Ich gehe heim!«.

Der Sixt öffnete die Stubentüre, wo der Verwalter mit den Hofleuten gerade beim Mittagessen saß. »So, da ist jetzt der Margareter«, sagte er und schob Severin über die Schwelle, mitten in die Stube. Severin wurde sonderbar berührt von diesem Wort. Der Margareter! So würde er nun in diesem Dorf und ringsherum in alle Zukunft heißen.

Der Verwalter war aufgestanden, um den neuen Hofbesitzer zu begrüßen. Severin gab den Leuten der Reihe nach die Hand und ließ sich dann bei ihnen am Tisch nieder. Und wenn er in späteren Jahren manchmal an seinen Einzug auf diesem Hof dachte, so blieb doch immer der stärkste Eindruck der, als er sich zum ersten Male am eigenen Tisch niedersetzte und nicht recht wusste, wo er die schmalen weißen Hände verbergen sollte vor den forschenden Blicken der Leute. Mussten sie nicht an seinen Händen schon sehen, dass er kein Bauer war in ihrem Sinne?

Der Stall wurde besichtigt, dann das ganze Haus und zum Schluss das Atelier. Man hatte hier aus drei großen Zimmern die Mittelwände herausgenommen und auf der Südseite riesige Fenster eingebaut. Auf diese Weise war ein einziger großer Raum entstanden, dem nur noch die Inneneinrichtung fehlte, denn die wollte Severin selbst besorgen.

Neben dem Atelier war ein kleines, gemütliches Stübchen eingerichtet. Severin blieb stehen.

»Wer hat denn das hier eingerichtet?«, fragte er.

Der Verwalter sagte, dass es seine Frau gemacht habe, nach ihren Vorstellungen eben, aber wenn es dem Herrn nicht ganz recht sei, dann ...

»Nein, um Himmels willen! Das ist einfach bezaubernd! Ich muss mich Ihrer Frau hierfür schon besonders erkenntlich zeigen. Im Übrigen hoffe ich, dass wir gut zusammenarbeiten werden.«

»An mir soll es nicht liegen. Ich hätte zwar etwas in Aussicht zum Pachten, ein schönes Anwesen, aber wenn Sie meinen ...«

»So lange musst du auf alle Fälle noch dableiben, bis der Margareter einmal eine Bäuerin heimführt«, mischte sich der Sixt jetzt ein.

»Ich würde natürlich großen Wert darauf legen, hier einen Menschen zu haben, auf den ich mich voll und ganz verlassen kann«, sagte Severin. »Es kann vorkommen, dass ich einmal zwei oder drei Monate oder noch länger weg bin, und da brauche ich jemanden, dem ich in allem vertrauen kann. Sie haben in allem freie Hand, mit Kleinigkeiten brauchen Sie mir überhaupt nicht kommen. Wenn Sie sich vielleicht später einmal günstig verändern können, werde ich Ihnen gerne ein wenig unter die Arme greifen, wenn Sie mich vorläufig, für die ersten zwei, drei Jahre jedenfalls, nicht im Stich lassen.«

Der Mann überlegte eine Weile und sagte: »Wenn das so ist, dann freilich. Wir sind recht gern auf dem Margaretenhof. Ich werde es mit meiner Frau besprechen.«

»So, Martin, es sieht fast so aus, als sei es geschafft, wie?«, wandte sich Severin voller Freude an den Sixt. »Wie ich dir für deine Mühe jemals genügend danken soll weiß ich nicht. Du hast mehr für mich getan, als du dir vorstellen kannst. Aber, was ich fragen wollte, beim Eggstätter ist wohl auch noch alles beim Alten?«

So langsam kam er schon hin, wo er hin wollte.

»Beim Eggstätter? Nein, da hat sich nicht viel geändert. Da mußt du sowieso in den nächsten Tagen hin und dich anmelden. Er ist nämlich jetzt Bürgermeister. Der wird Augen machen, wenn er erfährt, dass du jetzt der Margareter bist!« Martin lachte schallend, als er sich das Gesicht des Eggstätters bei dieser Gelegenheit vorstellte. »Weißt du, ich habe nämlich noch keiner Menschenseele etwas davon gesagt, dass du es bist, der den Hof gekauft hat.«

»Das war auch ganz nach meinem Sinn so. Ja – und sonst – diese Sennerin, die im vergangenen Sommer oben auf seiner Alm war, ist die noch dort?«

»Ach, die Johanna?« Der Sixt sah ihn von der Seite aufmerksam an. »Die ist noch beim Eggstätter. Ich glaube aber, nicht mehr lange.«

»Wieso? Will der Eggstätter sie nicht mehr?«

»Das vielleicht schon. Aber das sind immer so Sachen, weißt du. Was ich gehört hab, soll die Johanna was Kleines erwarten.«

Stille. Severin war in diesem Augenblick zumute, als bliebe ihm das Herz stehen. Bevor er noch etwas sagen konnte, sprach der Sixt weiter: »Ich kümmere mich um solche Sachen zwar nicht. Aber die Weibsleute unterhalten sich über so etwas eben. Freilich, es ist wohl eine Schande, wenn eine nicht sagen kann, wer der Vater des Kindes ist. Ich habe die Johanna immer für eine anständige Person gehalten, aber da kann man sich auch täuschen.«

Severin stand auf und strich sich mit einer heftigen Bewegung das Haar aus der Stirne. Johanna bekam ein Kind? Sein Kind ...? Aber warum hatte sie dann seine Briefe nicht beantwortet? Das ergab doch keinen Sinn!

»Der Eggstätter ist Bürgermeister, sagtest du doch?«, fragte er ganz unvermittelt. »Ja, da werde ich morgen gleich einmal hingehen.«

Als Severin sich am nächsten Tag nach einer schlaflosen Nacht erhob und die Stiege herunterkam, sah sein Gesicht verquollen und müde aus. Die Frau des Verwalters hatte sein Stübchen schon angeheizt und brachte Kaffee. Sie fragte ihn, wie er es halten wolle mit dem Frühstück, mit dem Mittagessen und so weiter.

»Machen Sie meinetwegen nur keine Umstände«, sagte er. »Ich halte mich an die Zeiten und die Kost, die allgemein üblich sind.«

Er trank aber nur ein paar Schluck Kaffee, aß nur eine halbe Scheibe Brot und ging dann fort.

Es war eine helle, trockene Vormittagsstunde, als er zum Eggstätterhof gelangte. Über den Feldern war es still. Ein Krähenschwarm zog vorbei und fiel in den Wald ein. Klar standen die Berge und schauten herunter ins Tal. Severin hatte aber keinen Blick für all diese Schönheit.

Seine Gedanken waren nur dem zugewandt, was ihn beim Eggstätter erwarten würde. Er musste dringend mit Johanna reden, musste wissen, wie es um sie stand. Und vor allem musste er wissen, wer der Vater ihres Kindes war. Er selbst ... oder wer dann, wenn es nicht so sein sollte? Sein Herz klopfte laut, als er den Eggstätterhof betrat. Flüchtig erinnerte er sich dabei an den Augenblick, da er das erste Mal hierher gekommen war. War das nicht schon eine Ewigkeit her?

Der Bauer begegnete ihm im Flur, und als Severin grüßte, musste er sich erst besinnen, wo er die Stimme schon vernommen hatte.

»Ja, was ist denn das? Jetzt hätte ich Sie beinahe nicht mehr erkannt. Nur rein in die Stube! Freut mich, dass Sie sich wieder einmal sehen lassen. Wie geht es? Bleiben Sie länger?«

Severin nahm den Hut ab und nahm Platz.

»Ja, Eggstätter, diesmal bleibe ich länger. Und deswegen komme ich auch zu Ihnen, nämlich um mich in aller Form anzumelden. Der Sixt sagte mir, dass Sie jetzt Bürgermeister sind und ich das bei Ihnen tun soll. Ja, es ist nämlich so – ich habe den Margaretenhof gekauft.«

»Wer? Sie ...?« Der Bauer riss den Mund auf und brachte ihn zunächst nicht mehr zu. Dann lachte er dröhnend auf und schlug sich klatschend auf die Schenkel. »Das hätte ich mir im Traum nicht vorstellen können! Sie sind also der große Unbekannte? Wissen Sie eigentlich, wie hier herumgerätselt worden ist, wer der Käufer sein könnte? Ja, sagen Sie mir einmal, hat denn das der Sixt auch nicht gewusst?«

»Natürlich hat es der Sixt gewusst. Von allem Anfang an.«

»Und hat mir kein Sterbenswörtchen verraten! Dabei ist er mein Schwiegersohn! Das muss ich jetzt gleich meiner Frau erzählen.« Er stand auf und schrie zur Türe hinaus: »Magdalena, komm einmal herüber! Ja so was! Sie sind also der neue Margareter! Da müssten wir eigentlich auf gute Nachbarschaft trinken.« Er nahm eine Flasche und zwei Likörgläser aus dem Wandschränkchen und schenkte ein, gerade als die Eggstätterin zur Türe hereinkam. Die Bäuerin zeigte freudige Überraschung und reichte Severin die Hand.

»Sieht man Sie auch wieder einmal? Das ist aber recht.«

»Du wirst ihn jetzt öfter sehen können, der Herr hat nämlich den Margaretenhof gekauft.«

»Waaas? Sie sind der ...«

»Ja, so ist es.«

»Dass uns aber da der Martin nichts gesagt hat?«, wunderte sich die Eggstätterin.

»Der Martin hat von mir die Anweisung gehabt, die Sache als geheim zu behandeln, und – ich freue mich jetzt umso mehr, dass er es getan hat.«

Du liebe Zeit, was die Eggstätterin gleich alles wissen wollte! Ob er sich auch schon eine Bäuerin ausgesucht habe? (Sie bedauerte jetzt nichts lebhafter, als dass die Barbara schon verheiratet war.) Ob er nun überhaupt ganz hierbleibe? Und sie hoffe, dass er recht oft kommen und gute Nachbarschaft halten würde.

Der Eggstätter holte inzwischen einige Formulare, die er ausfüllte. Die Bäuerin schenkte Severins Gläschen noch einmal voll. Der scharfe Kirsch tat ihm auf eine seltsame Weise wohl. Er spürte, wie es warm durch seinen Körper rieselte, und auch sonst hob sich seine Stimmung.

»Ja – dann noch was«, sagte er plötzlich. »Eure Johanna – ich hätte sie gerne einmal gesprochen.«

»Die Johanna?«, fragte die Eggstätterin. »Ja – die Johanna ...«

»... ist nicht mehr bei uns«, ergänzte der Eggstätter.

»Ist nicht mehr bei euch?«

»Seit gestern früh nicht mehr.«

»Seit – gestern?«

»Tut mir ja an sich Leid, sie war eine gute Sennerin«, meinte der Eggstätter. »Ich habe ihr auch den Vorschlag gemacht, dass sie wiederkommen soll, wenn es vorbei ist.«

»Sie erwartet nämlich was Kleines«, zwitscherte die Frau, und ihr Doppelkinn wackelte vor Erregung, den so häufig durchgehechelten Klatsch nun doch noch einmal jemandem als sensationelle Neuigkeit erzählen zu können. Aber Severins Reaktion war für sie ziemlich enttäuschend; er verzog nur den Mund ein wenig. Da sprach die Eggstätterin schon weiter: »Ich habe immer viel gehalten von ihr, und ich hätte ihr das nicht zugetraut. Ich meine, es ist ja kein Verbrechen – ein Kind – eigentlich – Aber wissen Sie, einen Vater sollte man doch wenigstens angeben können. Aber so wie sie – gell, Andreas, du hast doch gefragt, wer der Vater ist, da hat sie es nicht gewusst.«

»Das hat sie nicht gesagt«, widersprach der Eggstätter. »Sie hat bloß gefragt, ob es dadurch anders wäre, wenn sie es mir sagt.«

»Na ja, das ist ja im Grunde genommen das Gleiche, oder, Herr Severin – wollte sagen: Margareter. Sie weiß nicht, wer der Vater ist, und darum hat sie

159

sich auf diese Weise rausgeredet. Ich sag halt immer: Der Apfel fällt nicht weit vom Stamm. Ihr Vater hat auch leichtes Blut gehabt und ...«

Dem Eggstätter wurde das offensichtlich zu weitschweifig, denn er lenkte ab: »Das kann man so nicht immer sagen. Und überhaupt wird es den Margareter auch gar nicht interessieren. Also, um noch mal auf die Frage zurückzukommen. Gestern früh ist sie weg. Heimlich hat sie den Hof verlassen. Das hat mir nicht gefallen, und ich glaube auch nicht, dass sie wiederkommt.«

Severin spürte eine Schwäche in den Kniekehlen, als er sich erhob. Was sollte er nun machen, wenn Johanna gar nicht mehr da war? Schließlich streckte er dem Eggstätter die Hand hin und bemühte sich um einen angemessenen Ton: »Ich hoffe, dass wir gute Nachbarn werden.«

»Das will ich auch hoffen. Und wenn du irgendeinen Rat brauchst« – der Bauer wandte ohne jeden Übergang jetzt das vertrauliche Du an –, »dann komm nur. Ich helfe dir jederzeit gerne, falls du mich brauchst.«

»Vielen Dank, das nehme ich gerne an. Aber ich habe ja den Martin, und der Verwalter, den er mir beschafft hat, scheint seine Sache auch sehr gut zu machen.«

»Der Hirner ist wirklich nicht schlecht. Und sonst hast du auch gute Leute beisammen.« Der Eggstätter begleitete ihn hinaus. »Der Winter lässt sich ganz gut an. Hast du vor, diese Saison Holz zu schlagen?«

Severin schüttelte den Kopf. »Der Wald sei sowieso schon arg gelichtet, sagt der Sixt. Ich werde

die nächsten Jahre deshalb wenig oder gar nichts ab-
holzen.«

›Wenn man so viel Geld hat wie du, dann hat man
das auch nicht nötig‹, dachte der Bauer und sah dem
Davongehenden nach. Dann wandte er sich schnell
ins Haus zurück, denn er war in Hemdsärmeln, und
der Wind pfiff eiskalt um die Ecke.

10

Severin spürte weder Wind noch Kälte. Ein gleichmäßig ziehender Schmerz war jetzt in seinem Herzen. Wenn er ein oder zwei Tage früher gekommen
wäre, hätte er Johanna noch angetroffen! Und plötzlich – er merkte es gar nicht – liefen ihm Tränen aus
den Augen.

Durch eine zerrissene Wolkendecke lächelte ein
Stückchen vom Blau des Himmels auf die tausend
Giebel und Erker, auf die hastenden Menschen, die
klingelnden Trambahnen und die rumpelnden Last-
wagen herunter. Nur auf den Dächern lag Schnee,
und selbst der war nicht mehr weiß und rein.

Johanna überquerte einen Platz und bog dann in
eine jener stillen Straßen ein, die ohne Tram-
bahngleise und ohne jene großen Geschäftshäuser
waren, vor denen ein ewiges Kommen und Gehen
war. Sie schritt nun wieder rascher aus, sah aber angestrengt an den Häuserfronten entlang, bis sie
plötzlich stehen blieb.

An einem großen modernen Bauwerk stand über
den Fenstern des ersten Stockwerkes mit hohen
glänzenden Lettern geschrieben: »Bankhaus Lienhart«

Auf dem ganzen Weg her war sie seltsam ruhig
geblieben. Jetzt aber wurde ihr beklommen zumute.
Wie würde Severin auf das reagieren, was sie mit

ihm zu reden hatte? Vermutlich würde er sagen: ›Schön, Johanna, für das Kind werde ich natürlich sorgen, aber heiraten, das wirst du ja selbst verstehen, das geht eben nicht.‹

Sie betrat das Gebäude, durchschritt die große, hohe Vorhalle, auf deren Steinboden jeder ihrer Schritte laut zu hören war, und sah sich suchend um. Eine Tür fiel ihr auf, auf der ein Schild angebracht war: »Privat. Eintritt verboten!«

Eine andere Tür führte in den Schalterraum. Der Mann am Schalter beachtete sie zunächst nicht, sondern fuhr fort, auf der Tastatur seines Computers zu tippen und dabei keinen Blick von dem Bildschirm zu wenden. Schließlich hatte er den Vorgang, an dem er gearbeitet hatte, beendet, und wandte ihr den Kopf zu. »Sie wünschen?«

Klar und ruhig sagte Johanna: »Ich möchte Herrn Lienhart sprechen.«

»In welcher Angelegenheit?«

›Was nun?‹, dachte Johanna. ›Ich kann doch diesem fremden Menschen nicht sagen, was zwischen mir und Severin ist.‹ Sie schwieg und wurde ein wenig verlegen. Der Mann sah sie an, und schließlich gab er ihr Hilfestellung. »Handelt es sich denn um eine private Angelegenheit?«

Johanna nickte dankbar.

»Ihr Name?«

Sie nannte ihren Namen und der Angestellte begab sich zu einem Schreibtisch im Hintergrund des Schalterraums, nahm den Telefonhörer ab und sprach kurz hinein. Dann kam er wieder zum Schalter vor und sagte, dass sie dort, bei der nächsten Tür, wo der Eintritt verboten war, eintreten solle.

Alexander Lienhart war es gewohnt, die Menschen nach ihrem Äußeren abzuschätzen. Bei dieser Frau hier, auch wenn ihre Haltung selbstbewusst war, handelte es sich offensichtlich um jemanden aus kleinen Verhältnissen. Er wollte schon ein wenig verdrießlich fragen, was sie wünsche, ohne dabei den Federhalter wegzulegen oder gar aufzustehen. Irgendetwas an dieser Frau irritierte ihn aber doch. Er wusste es selber nicht, was es war. Jedenfalls entschloss er sich doch dazu, aufzustehen.

»Sie wollten zu mir, wie war Ihr Name bitte?«

»Kainz. Johanna Kainz. Aber ich wollte eigentlich ...«

»Bitte, nehmen Sie Platz.« Er rückte den ledernen Klubsessel ein wenig und nahm ihr gegenüber am Schreibtisch wieder Platz. »Womit kann ich dienen?«

Johanna fasste sich ein Herz.

»Ich hatte eigentlich zu Severin Lienhart gewollt, aber ich glaube, dass Sie sein Bruder sind. Ich hatte gehofft, dass ich ihn auch hier erreichen kann.«

Alexander betrachtete die Frau mit wachsendem Interesse, sah dann auf seine gepflegten Fingernägel und dann wieder in ihre Augen. Er erinnerte sich, dass Severin von einem Mädchen gesprochen hatte, das er liebte und heiraten wollte. Ja, ja, das war es wohl: Hatte er sie nun doch sitzen gelassen?

»Es tut mir aufrichtig Leid, aber mein Bruder ist nicht da. Er arbeitet überhaupt nicht im Bankwesen, sondern betätigt sich künstlerisch, wie Sie vielleicht wissen.«

»Und Sie können mir auch nicht sagen, wo er ist?«

›Es muss ihr sehr viel daran liegen, Severin zu treffen‹, dachte Alexander und legte seine Handflächen aneinander.

»Ich bin untröstlich, Ihnen auch darüber keine Auskunft geben zu können. Ich glaube gehört zu haben, dass er in letzter Zeit irgendwo in einer Stadt im Rheinland war. Er muss da eine Auftragsarbeit übernommen haben, ein Denkmal oder so.«

»Dann gehe ich wieder«, sagte Johanna mit trockenen Lippen. Aber sie konnte nicht aufstehen. Eine bleierne Müdigkeit rieselte durch ihren ganzen Körper, und hinter ihren Augen begann es zu brennen.

Aber sie biss die Zähne zusammen. ›Nur nicht weinen‹, dachte sie. Unwillkürlich nahm sie den Kopf zurück. Ihr Blick ging zu dem breiten Fenster hinaus, sah auf der anderen Seite die steile graue Mauer der anderen Häuserfront aufsteigen. Es schneite ein wenig. Die Flocken fielen wie helle Tränen in einen dunklen Schacht. Da war dann plötzlich wieder die weiche, etwas näselnde Stimme des Herrn am Schreibtisch vernehmbar: »Wenn ich irgendetwas ausrichten kann? Es ist immerhin möglich, dass mein Bruder gelegentlich einmal vorbeikommt.«

»Nein, nein. Oder vielleicht nur, dass ich da gewesen bin.«

»Das sowieso. Aber wenn Sie vielleicht Ihr Herz ausschütten wollen – Sie können ganz ruhig zu mir sprechen. Ich meine, falls mein Bruder Sie in irgendeiner Weise enttäuscht haben sollte. Severin ist Künstler – bei ihm darf man nicht gleich alles für bare Münze nehmen.«

Johanna sah ihn mit großen Augen an. Dann schüttelte sie den Kopf. »Severin hat mich nicht enttäuscht. In keiner Weise. Ich dachte nur, weil ich gerade vorbeikomme. Ihr Bruder – wir kannten uns gut – ja – er kam öfters vorbei bei mir – ich war im Gebirge und ...«

Sie merkte plötzlich, dass sie wirres Zeug sprach, und stand schnell auf. Auch Alexander Lienhart erhob sich. »Wie gesagt, es tut mir Leid, Ihnen keinen anderen Bescheid geben zu können.« Er geleitete sie zur Türe. »Leben Sie wohl.«

»Behüte Sie Gott«, murmelte sie, und während sie langsam auf die Straße hinausging, dachte sie: ›Er ist immerhin freundlich gewesen zu mir. Er hat zwar fast gar nichts von Severins Wesen, aber er war doch wenigstens höflich und hat mich nicht als lästige Besucherin einfach abgewimmelt.‹

Alexander Lienhart trat jetzt ans Fenster. Da unten stand sie nun auf der Straße. Er wusste es selbst nicht recht, aber irgendwie hatte ihm ihre Erscheinung imponiert. Severins Geschmack konnte sich sehen lassen. Doch warum hatte er sie nun so einfach abserviert, nachdem er noch kurze Zeit zuvor so vehement seine Zukunftspläne verteidigt hatte?

Ganz still und einsam stand sie jetzt auf der grauen Straße. Die Schneeflocken fielen in ihr blondes Haar. Dann begann sie langsam zu gehen, ging dann schneller und bog dann um die Ecke.

Alexander Lienhart sah ihr nachdenklich nach und ging dann kurz entschlossen ans Telefon. »Hier Bankhaus Lienhart. Sind Sie's, Herr Kirchhoff? Ja, nur eine kleine Frage. Sie wissen nicht zufällig, wo mein Bruder sich derzeit aufhält? Wie? Da draußen in Bernbichl? Na – das ist aber interessant. Aha, aha, seit voriger Woche erst. Ja, davon habe ich gehört. Einen Bauernhof gekauft? Severin hat die Angelegenheit zwar nicht über unser Bankhaus getätigt, aber man hat ja schließlich doch seine Informationen. – Nein, nein, nichts Besonderes. Nur eine eher belanglose Angelegenheit. Bitte vielmals um Entschuldigung, wenn ich gestört haben sollte. Danke, danke!«

›Ich hätte früher anrufen sollen‹, dachte der Bankier Lienhart. ›Dann hätte ich dem Mädchen die gewünschte Auskunft geben können. Nur, wäre das Severin überhaupt recht gewesen?‹

Severin hatte sich wahrhaftig zu einem Künstler entwickelt, der von seiner Kunst leben konnte und nun sogar im Begriff war, berühmt zu werden. Zeitungen und Fachzeitschriften hatten über ihn berichtet, und die ganze Stadt sprach von ihm. Und Künstler waren doch immer unberechenbar, was die Frauen betraf ... Nun, ihm konnte es gleich sein. Er hatte getan, was er als richtig empfunden hatte. Falls sich eine Gelegenheit ergeben würde, beschloss er, wollte er Severin auf die junge Frau ansprechen.

Der Bankier setzte sich wieder an seinen Schreibtisch und arbeitete weiter.

Severin Lienhart war kein Bauer, nein, das hätte auch niemand behauptet. Allerdings fand er genug Zeit, um sich vom Verwalter nach und nach die wichtigsten Dinge erklären zu lassen, und zuweilen versuchte er, in das Tagewerk des Hofes einzugreifen, aber es blieb doch mehr oder weniger ein Spiel. Wenn er dann an so einem abgelaufenen Tag die ziehenden Schmerzen im Kreuz spürte und die Hände ein wenig brannten, dann wunderte er sich doch, dass sein Denken an Johanna nicht erlöschen wollte. Ja, das war nun einfach so, obwohl er inzwischen wusste, dass es Johanna Kainz anscheinend vortrefflich gelungen war, ihn hinters Licht zu führen.

Was ihn dabei so sicher machte? Nun, Severin hatte da im Wirtshaus die eine oder andere Andeutung mitbekommen. Eigentlich war er kein großer Wirtshausgänger, doch der Eggstätter hatte ihn davon überzeugt, dass es nur vernünftig war, sich dort gelegentlich sehen zu lassen. Ein neuer Hofbesitzer konnte nichts besseres tun, als sich dort von seinen Nachbarn gründlich begutachten und ausfragen zu lassen. Umso schneller würde er von ihnen als ihresgleichen akzeptiert werden.

So hatte er bei ein paar Gelegenheiten gemeinsam mit dem Eggstätter Samstagabends das Wirtshaus aufgesucht, und da niemand ahnte, wie es um sein Verhältnis zu Johanna bestellt war, hatte er auch zu diesem Thema die eine oder andere Bemerkung mitgehört. Allgemein war man eher verwundert darüber, dass ausgerechnet Johanna, der man das kaum zugetraut hatte, in eine solch missliche Lage geraten war.

Doch an einem dieser Abende hatte er ein Gespräch an einem anderen Tisch mitbekommen, in dem von Johanna die Rede gewesen war. Der Lukas war es gewesen, dessen Bemerkungen ihn hatten hellhörig werden lassen. Er hatte durchblicken lassen, dass Johanna droben auf ihrer Alm so einiges getrieben habe, wovon wenige etwas mitbekommen hätten. Er selbst habe ja durchaus auch seine Chancen bei ihr gehabt und sie auch nutzen können, doch ihm sei es gleich, wer sonst noch alles ihre Gunst genossen habe. Hauptsache, sie verlangte nicht ausgerechnet von ihm Alimente!

Die schon etwas angeheiterte Runde junger Männer, in der der Sohn des Eggstätters sich befand, lachte wiehernd dazu und erging sich in zotigen Anspielungen.

Severin war angewidert, nicht nur von Johanna, sondern auch von diesem Kerl, der sich nicht schämte, mit seiner Eroberung zu prahlen. Die Vorstellung, dass Johanna im Sommer abends, wenn sie ihn fortgeschickt hatte, dies nur deshalb getan hatte, um noch einen anderen empfangen zu können, bereitete ihm körperliche Übelkeit.

Vielleicht aber kam seine schlechte Laune auch daher, weil ihm im Atelier nichts Rechtes mehr gelingen wollte. Er hatte sich Material anfahren lassen. Nun lagen sie da, Granitblöcke, roter und weißer Marmor, Steine einer fremden Welt. Ein halb fertiger Pferdekopf, mit dem er nicht so recht weiterkam, schien ihn, wenn er das Atelier betrat, so höhnisch anzugrinsen, dass er an einem Abend den Hammer nahm und zwischen die Augen des Tieres schlug. Splitter fielen herab, und beim Anblick der beschädigten Arbeit wurde ihm sonderbarerweise leichter zumute. Er trank einen Schnaps, und dann noch einen zweiten ...

Später sah er den Jäger draußen vorbeigehen und merkte plötzlich, dass er Lust auf Gesellschaft hatte. Er öffnete das Fenster und rief: »Komm rein, Anderl! Du machst dich ja in letzter Zeit fast unsichtbar! Trink einen Schwarzwälder Kirsch mit mir. Du musst beim Trinken die Augen schließen, um ihn richtig zu genießen. Dann siehst du den blühenden Kirschbaum vor dir, und du siehst die roten Früchte im grünen Laub leuchten. Prost, mein Lieber!«

Der Jäger hatte bei dieser überschwänglichen Rede den Verdacht, dass Severin vielleicht ein wenig angetrunken sei. Aber er tat gerne Bescheid, denn er war kein Verächter eines guten Tropfens. Und überhaupt, ja, es wurde Frühling, die Auerhähne balzten schon. Ob Severin vielleicht Lust habe auf einen Auerhahn? Vielleicht ließe sich das bald einmal einrichten. Aber vorerst: Prost!

»Wie war das doch damals, Anderl? Du standest vor der Hütte im Morgengrauen. Da flog mich der Funke an, und es wurde dann mein schönstes Werk daraus. Du hättest dir die Ausstellung auch ansehen sollen. Frauen sind vor deinem Abbild gestanden. ›Das ist ein Kerl‹, sagten sie. Sag mir mal ehrlich deine Meinung, was die Frauen betrifft«, fuhr er fort, unvermittelt das Thema wechselnd.

Der Jäger blinzelte Severin an. ›Er kann nicht viel vertragen‹, dachte er. ›Wahrscheinlich hat er nicht mehr getrunken als ich, aber er redet wie ein Buch. So kenne ich ihn gar nicht.‹

»Dass zwei Pfund Rindfleisch eine gute Suppe abgeben«, begann er, »das weiß ich genau. Aber bei den Frauen kann man vorher nie sagen, gut oder schlecht. Die erste Zeit, freilich, da sind sie honigsüß, bis sie einen dann haben, dann rücken sie allmählich mit ihren Untugenden heran.«

Severin hob den Finger, seine Augen hatten einen seltsamen Glanz, und er lachte so herzhaft wie schon lange nicht.

»Ich will dir was sagen, Anderl: Eine Frau hat vor allem treu zu sein. Aber das kann keine.« Er hatte dabei ganz gedankenlos in einem Stoß Zeichnungen gewühlt. Jetzt nahm er eine davon heraus und hielt sie ans Licht. »Kennst du das Bild schon?«

Ohne sich lange zu besinnen, sagte der Jäger: »Das ist ja unsere Johanna Kainz, wie sie leibt und lebt!«

Severin war selber ein wenig verblüfft über diese Antwort, denn es handelte sich bei der Zeichnung um eine Vorarbeit für sein nächstes geplantes Werk. Zu allem Überfluss deutete jetzt der Jäger auch auf die anderen Zeichnungen.

»Und das ist auch Johanna, und das da ebenfalls. Alle Bilder hier zeigen Johanna!«

Severin starrte auf die Zeichnungen und erschrak vor sich selber. Das war ihm gar nicht bewusst gewesen. Er sah den Jäger an. »Du hast Recht. Wahrhaftig, du hast Recht. Das habe ich nicht bemerkt. Ich dachte, ich hätte irgendeine Frau skizziert.«

Er erhob sich und trat ans Fenster. »Weißt du etwas von ihr?«, fragte er, ohne sich umzuwenden.

»Nein. Ich habe sie bloß noch einmal getroffen, und da hat sie mich gefragt, ob ich nicht wisse, wo du jetzt wohnst.«

»Wann war denn das?«

»Ich weiß es nicht mehr genau. Aber es war schon Winter.«

Severin fuhr herum. »Aha. Und – du weißt doch sicher, dass sie ein Kind erwartet?«

»Das habe ich einmal sagen hören. Ob es aber wahr ist? Die Leute reden viel und wissen meistens dann doch nichts Genaues.«

171

»Mag sein, aber in diesem Fall hatten sie Recht.« Severin hatte die Hände auf dem Rücken verschränkt und ging im Zimmer auf und ab.

»Du weißt doch, dass ich sie –« Er verschluckte das »liebte« und fuhr nach kurzem Zögern fort: »– ihr gut gewesen bin. Und ich habe geglaubt, dass sie auch mir gut sei. Ich muss aber heute annehmen, dass sie auch anderen gut gewesen ist.«

Hier stand nun auch der Jäger auf, ein bisschen zu hastig, so dass er im Aufstehen das leere Schnapsglas umwarf. »Ich glaube, da täuschst du dich, aber gewaltig, Severin.«

»Möglich! Aber kannst du mir in dieser Hinsicht nichts sagen, was diese Annahme bestätigt oder widerlegt?«

Anderl hob seine breiten Schultern und ließ sie wieder fallen. »Nein, ich weiß nichts Genaues. Bloß über eines hab ich schon oft nachgedacht, nämlich die Sache mit dem Steg. Ich vermute, das war auf dich gemünzt. Das hat unter Umständen jemand aus Eifersucht getan. Wenigstens könnte ich mir das vorstellen.«

Severin blieb stehen und starrte den anderen bestürzt an. »Da könntest du Recht haben. Dass ich auf diesen Gedanken noch nicht gekommen bin! Hast du denn einen Verdacht, wer hinter dem Anschlag stecken könnte?«

Der Jäger schüttelte den Kopf. Er hatte zwar den Eggstätter-Lukas ein- oder zweimal bei Johanna angetroffen in der Hütte. Aber darauf konnte man doch noch keinen Verdacht gründen, zumal sich die Polizei monatelang vergeblich um eine Spur bemüht hatte.

172

»Früher oder später wird es ans Licht kommen, davon bin ich überzeugt. Gottes Mühlen mahlen langsam, aber stetig.« Anderl langte nach seinem Gewehr. »Und ich hoffe, dass es nicht zu lange dauert, schon deshalb, weil es einen Unschuldigen das Leben gekostet hat. – Ich muss jetzt gehen, Severin, die Nacht ist bald um.«

Vom Steg herüber klangen noch lange die Schritte des Jägers auf dem Gestein, und Severin stand noch lange unter der Türe. Die kühle Luft tat ihm wohl. Und es stieg aus der Morgenfrühe ein Gesicht vor ihm auf, größer und schöner, als er es je in hundert Träumen nachgezeichnet hatte. Er sah wie im Traum sein nächstes Werk vor sich, in allen Einzelheiten. Es trug Johannas Gesichtszüge.

In dieser Frühlingsnacht schenkte Johanna Kainz in einem Entbindungsheim einem Knaben das Leben.

Severin kam sich wie neugeboren vor. Alles, was die letzten Wochen und Monate an ihm gezehrt hatte, fiel von ihm ab. Er freute sich darüber, dass er nun endlich wieder eine unbändige Schaffenslust verspürte.

Sein neues Werk sollte eine auf dem Boden kauernde Frauengestalt sein, wieder im an die Antike gemahnenden Stil, den die Fachpresse inzwischen als »zeitgenössischer Klassizismus« bezeichnete. Sie sollte Johannas Gesichtszüge tragen, und der Gesichtsausdruck, den er einzufangen versuchte, war der, mit dem sie ihn an jenem Nachmittag, den sie gemeinsam verbracht hatten, angesehen hatte, als sie auf einer Wiese gerastet hatten.

So gingen die Tage und Wochen dahin, und Severin kam kaum einmal dazu, auf sich und sein Leben hinabzusehen. Draußen blühte die Welt in vollem Frühlingsglanz, und nichts kam auf ihn zu, das ihn aus der Stimmung geworfen oder geärgert hätte. Als ihm sein Rechtsanwalt schrieb, dass die Privatbank, bei der er sein Geld angelegt hatte, in Schwierigkeiten gekommen sei, ärgerte er sich auch darüber nicht, sondern dachte nur, dass es wohl doch besser gewesen wäre, wenn er auf den Vorschlag Alexanders eingegangen wäre.

Übrigens schrieb ihm Alexander auch in dieser Angelegenheit. Alexander war anscheinend immer über alles informiert. Er schrieb ihm in einem halb wohlmeinenden, halb brüderlichen Ton. Nichts deutete darauf hin, dass irgendwann einmal Meinungsverschiedenheiten zwischen ihnen geherrscht hatten. Er ließ sogar etwas wie Anerkennung über Severins künstlerisches Schaffen durchblicken, obwohl er wahrscheinlich nicht viel davon verstand oder den Maßstab nur dort anlegte, wo er den materiellen Erfolg sah. Ja, und im Übrigen wolle er sich dem Bruder in keiner Weise aufdrängen, aber er hätte ihn von Anfang an warnen können vor dieser Bankverbindung und er stehe ihm künftig für jeden Rat gerne zur Verfügung, sofern Severin es nicht ablehne, von ihm beraten zu werden.

Zum Schluss gab er seinem Schreiben noch einen freundlichen Zusatz: »Dass ich es nicht vergesse: Von Silvia soll ich dich recht herzlich grüßen. Du weißt vielleicht noch gar nicht, dass wir demnächst ein Kind bekommen werden. Sei nicht so stur und komm einmal vorbei, wenn dich der Weg in die

Stadt führt. Wegen Vaters Büste hast du auch noch nichts hören lassen.«

»Nanu«, sagte Severin vor sich hin. »Was für süße Schalmeienklänge sind das auf einmal, und das ausgerechnet von Alexander!«

Nun, er wollte auch nicht weiter nachtragend sein, er war überhaupt mit der ganzen Welt in einer versöhnlichen Stimmung. Bei nächster Gelegenheit wollte er bei Alexander vorsprechen, er konnte sein Geld schließlich in keine zuverlässigeren Hände geben.

Doch die Tage gingen dahin, ohne dass er Zeit fand, sich mit Geldangelegenheiten zu befassen. Er kam von seinem Werk nicht los. Ein ernteschwerer Sommer ging übers Land, doch Severin merkte kaum, was auf dem Hof geschah. Das war aber nicht weiter schlimm, denn auch hier ging alles unter der Aufsicht des Verwalters seinen richtigen Gang und in schöner Ordnung.

Als das Werk dann fertig war, stand Severin lange wie benommen davor. In den Zügen dieser Figur war etwas eingefangen, das man mit keinem Namen belegen konnte. Es war in den Mundwinkeln, es war in den Augen, ein fernes Lächeln, das er nur bei einem Menschen jemals gesehen hatte. Er hatte Johannas vollkommenes Abbild geschaffen.

Als die »Kauernde junge Frau«, wie er es phantasielos, aber korrekt in den Begleitpapieren vermerkt hatte, verpackt und abgeschickt war, kam es Severin im Atelier so tot und leer vor, als sei jemand gestorben. Dieses Erleben war ihm auch neu, und er suchte nach einem Grund dafür, ohne ihn finden zu können.

Erst Wochen später, als die Ausstellung schon eröffnet war, auf der sein neues Werk dem Publikum vorgestellt wurde, raffte sich Severin auf und fuhr in die Stadt. Dabei bedachte er, mit welchem Gefühl er das letzte Mal weggefahren war. Damals war Johanna für ihn noch ein selbstverständlicher Bestandteil seiner Zukunft gewesen. Und heute – heute wusste er nicht einmal mehr, wo sie war, und ob sie überhaupt noch lebte. Wohin sie sich wohl gewandt haben mochte? Schluss! Es war nun einmal nicht mehr zu ändern. Severin war sicher, dass es jetzt besser werden würde, weil diese Kauernde, ihr Ebenbild, nicht mehr im Hause stand.

Ihm gegenüber im Zug saßen eine junge Frau und ein Herr mittleren Alters. Und wie es der Zufall wollte, begannen die beiden ein Gespräch miteinander und kamen dabei auch auf die Ausstellung zu sprechen.

Der Herr gab sich große Mühe, die junge Frau zu beeindrucken, und so gab er vor, einiges von Kunst zu verstehen, und meinte in belehrendem Ton: »Wenn man es so betrachtet, kommt man doch immer wieder darauf, dass die alten Meister doch die besten waren. Das trifft vor allem in der Plastik zu. Was die jungen da zusammenmachen, ist meist nur Stümperei.«

»Das ist ein zu hartes Urteil«, widersprach das Mädchen. »Immerhin, die Plastiken in dieser neuen Stilrichtung dürften Ihnen dann wohl gefallen.«

»Ach ja, diese Kauernde von diesem Dingsda – mir fällt jetzt der Name nicht ein.«

»Lienhart«, half ihm das Mädchen aus. »Severin Lienhart.«

»Richtig, ja, Lienhart. Na ja, das ist ja auch schon ein älterer Knabe. Ich kenne ihn zufällig. Ja, ja, der Lienhart. Hat doch noch einmal eine ganz passable Arbeit geleistet auf seine alten Tage.«

Severin hatte aufgehorcht, als er seinen Namen gehört hatte und die Behauptungen des Mannes mit wachsendem Erstaunen gehört. Nun blickte er verstohlen über den Rand seiner Zeitung hinweg, denn den Mann musste er sich nun doch einmal näher betrachten.

Er hatte diesen Menschen noch nie gesehen, stellte er fest. Er hatte das Aussehen eines Geschäftsreisenden, etwa fünfzig Jahre alt.

»Ach, Sie kennen ihn?«, fragte die Frau wissbegierig. »Wo lebt er denn, dieser Lienhart? Ich glaube gehört zu haben, dass er ein Bruder des bekannten Bankiers Lienhart sei.«

Es ist manchmal merkwürdig, wie die Menschen, wenn sie einmal mit einer Lüge begonnen haben, sich immer weiter in ihrem Lügengewebe verstricken.

»Nein, sie sind schon irgendwie entfernt miteinander verwandt«, behauptete der Mann dreist, »aber Brüder? Nein, das nicht. Der Bildhauer Lienhart wohnt ganz in meiner Nähe, ja, ja, ein ganz kleines Haus an einem See. Verheiratet und schon erwachsene Kinder.«

Severin schmunzelte in sich hinein, lehnte sich zurück und schloss die Augen. Er wollte jetzt noch abwarten, wie das Spiel weitergehen würde. Aber es war dann doch schon wieder zu Ende. Der Geschäftsreisende verließ das Gebiet der Kunst und wechselte das Thema.

Als der Zug dann in die große Bahnhofshalle einfuhr, stand Severin als Erster auf und nahm seine Ledertasche. Er wollte dem kunstbeflissenen Reisegefährten aber doch noch eine kleine Lektion erteilen.

»Verzeihen Sie«, sprach er ihn an. »Ich wollte vorhin nicht stören. Es freut mich ungemein, was Sie über Kunst zu sagen hatten und ganz speziell über die ›Kauernde‹. Ich bin nämlich der Bildhauer Severin Lienhart.«

Sprach's, lächelte verbindlich und verließ das Abteil, ohne die fassungslosen Blicke der beiden Mitreisenden noch zu beachten.

11

Johanna hatte bei einer Familie, die ihr aus ihrer Jugendzeit noch bekannt war, ganz am Rande der Stadt in einem kleinen Häuschen vorübergehend Aufnahme gefunden mit ihrem Bübchen. Die Leute hatten zwar selber nicht viel, sie waren einfache Leute und keineswegs so begütert, dass sie ohne weiteres jemanden durchfüttern konnten. Aber war es nicht immer schon so, dass immer die Armen den Armen helfen, weil sie selber am besten wissen um die Nöte, in die ein Mensch unverschuldet geraten kann?

Johanna freilich zahlte bereitwillig einen Anteil an der Miete und den laufenden Kosten, doch sie erschrak oft, wenn sie gewahr wurde, wie schnell ihr Erspartes dadurch zusammenschrumpfte. Lange konnte es so nicht weitergehen, denn es war absehbar, dass sie in wenigen Monaten mittellos sein würde. Was aber dann?

Die Familie redete ihr zu, sie könne doch zum Sozialamt gehen. Das aber wollte Johanna um keinen Preis. Es schien ihr, als würde sie damit tiefer sinken, als sie es ertragen konnte.

Im Krankenhaus, in dem sie entbunden hatte, war man mit dem Vorschlag an sie herangetreten, das Kind in eine Pflegestelle zu geben. Ja, im Grunde sah sie es wohl ein, dass sie das Kind irgendwo unterbringen musste, wenn sie einer Arbeit nachging. Doch ganz weggeben konnte sie ihn einfach nicht.

Indessen gedieh der kleine Daniel prächtig. Er lag in diesen schönen Sommertagen in seinem Körbchen im Garten, und seine kleinen Händchen griffen lächelnd nach jedem Falter, der über ihn hingaukelte. Die Leute, bei denen sie wohnte, hatten selbst drei Kinder, und die Frau versprach schließlich, für den kleinen Daniel zu sorgen, wenn Johanna eine Arbeit gefunden hatte.

So ging Johanna auf Stellensuche, aber es war gar nicht so leicht, Arbeit zu finden, denn in der Stadt gab es kaum Bedarf für das, was sie konnte. Die wenigen in Frage kommenden Stellen erwiesen sich durchweg als Enttäuschungen. Entweder war die Stelle schon besetzt, oder der Lohn war so niedrig, dass sie das Kostgeld für den kleinen Daniel kaum aufbringen konnte.

Dann endlich hatte sie eine Stelle gefunden, im Privathaushalt eines Fabrikanten, wo sie auch wohnen konnte. Schon an ihrem ersten Arbeitstag erfuhr sie vom Briefträger, dass es von ihren Vorgängerinnen dort noch keine länger als drei Tage ausgehalten habe. Johanna nahm sich fest vor, dass ihr das nicht passieren sollte.

Doch dann musste sie einsehen, dass ihre neue Arbeitsstelle einfach unerträglich war. Der Fabrikant war zwar ein freundlicher Mann, aber die Frau war eine Furie, der man nichts recht machen konnte. Dazu erwartete sie, dass Johanna bis in die späte Nacht hinein arbeitete. Johanna biss die Zähne zusammen. ›Nur nicht weich werden‹, dachte sie. Aber am fünften Tage hielt sie es nicht mehr aus, dass sie ihr Kind schon so lange nicht mehr gesehen hatte. Als ihre Arbeit spät am Abend endlich beendet war, machte sie sich zum Fortgehen fertig.

»Wo wollen Sie hin?«, fragte die Fabrikantenfrau streng. »Natürlich, ich hätte es mir ja denken können. Da ist eine wie die andere! Am Abend rennen sie dem Vergnügen nach!«

Johanna spürte, wie in ihr die Zornesröte aufstieg. Ja, sollte sie denn wie eine Leibeigene kein Recht auf Privatleben haben?

»Ich gehe zu keinem Vergnügen, nur zu meinem Kind«, erwiderte sie trotzig.

»Was? Ein Kind haben Sie auch? Und das haben Sie bei der Einstellung gar nicht gesagt? Das grenzt ja an arglistige Täuschung«, schnaubte die Frau.

Hier brachte dann doch ihr Mann endlich einmal die Courage auf, zu sagen: »Aber liebe Christa, das ist doch schließlich ihre Privatangelegenheit. Wenn Frau Kainz mit ihrer Arbeit fertig ist, kann man ihr doch schließlich nicht verwehren, dass sie ihr Kind besucht. Gehen Sie nur!«

Johanna ging. Die Frau aber war so sprachlos darüber, dass ihr Mann ihr so in den Rücken fiel, dass es ihr zunächst die Stimme verschlug. Erst als sie die Flurtüre draußen zufallen hörte, hatte sie sich erholt. »Das ist doch die Höhe! Seit wann legst du dich denn für meine Hausmädchen so ins Zeug? Und woher willst du eigentlich wissen, wann so eine mit ihrer Arbeit fertig ist?«

»Bitte, bei dir wird doch niemals eine fertig, egal wieviel sie arbeitet. In den zwanzig Jahren ...«

»Fang nicht damit an!«, unterbrach sie ihn schnell, weil sie schon wusste, dass er ihr nun aufzählen würde, wie viele Dienstmädchen sie in den zwanzig Jahren schon verschlissen hatte. »Auf alle Fälle passt mir das nicht, dass du dich in meine Sachen einmischst. Mir scheint, diese Person liegt dir besonders am Herzen, wie?«

»Ach, lass mich doch in Ruhe! Aber wenn du es wissen willst: Ja, dieses Mädchen macht auf mich einen guten Eindruck. Du solltest dir wirklich Mühe geben, dass sie bleibt.«

Die Frau sagte nichts mehr darauf. Aber ihr Entschluss stand schon fest. Ein Mädchen, das auf den Herrn des Hauses einen so guten Eindruck machte, dass er sich für sie einzusetzen versuchte, war für sie wohl eher eine Gefahr als eine Hilfe. Am nächsten Morgen sagte sie Johanna, dass sie das Dienstverhältnis als gelöst betrachte, legte ihr den Lohn für den Monat hin und fügte noch spitz hinzu: »Jetzt haben Sie ja genügend Zeit, um sich Ihrem Kind zu widmen!«

Ja, da stand also Johanna nun wieder auf der Straße. Mutlos und niedergedrückt schlenderte sie eine Weile ohne ein richtiges Ziel durch die Stadt. Schließlich ging sie zu einem Bäcker, kaufte Brötchen und beschloss, sich in den städtischen Anlagen ein bisschen hinzusetzen und zu essen.

In trübe Gedanken versunken verzehrte sie auf einer Parkbank ihre Brötchen, und ihre Gedanken wanderten in das ferne Gebirgstal, in dem sie zu Hause gewesen war. Vor einem Jahr noch, da war sie dort ein froher und freier Mensch gewesen. Sie glaubte fast von fern die Herdenglocken klingen zu hören. Jetzt mussten doch die Almrosen blühen und die kleinen Glöcklein des Enzians in sattem Blau aufschimmern. Sie sah sich selber wieder, wie sie abends vor der Hütte saß. Über den Hang her kam ein junger blonder Mensch, der von Liebe sprach und von Treue. Und nun war dieser Severin wieder untergetaucht in seiner Welt, er saß jetzt sicher irgendwo auch an einem gedeckten Tisch und dachte wohl nicht mehr an das, was vor einem Jahr gewesen war.

Erst durch nahende Schritte wurde sie aus ihren Träumen gerissen. Ein Liebespaar ging vorüber. Er hatte den Arm um ihre Hüfte gelegt, sie lächelte ihn vertrauensvoll an und lauschte den Worten, die er ihr zuflüsterte.

Glaub ihm nichts, hätte sie dem Mädchen nachrufen mögen. Glaub ihm nicht, er lügt, so wie alle lügen. Aber sie begriff, dass sie das Mädchen damit zwar erschrecken, aber nicht überzeugen könnte. Wenn man liebte, war man gläubig und voller Vertrauen, und die Lüge erkannte man erst dann, wenn es zu Ende war.

Sie brach wieder ein Stück von ihrem Brötchen ab. Aber es schmeckte salzig, und sie hatte plötzlich keinen Hunger mehr. Sie war sich noch nie so verlassen vorgekommen wie in diesem Moment.

Plötzlich kam ihr der Gedanke, dass sie an das Grab ihres Vaters gehen könnte. Sie war schon einige Male dortgewesen, und es hatte ihr stets weh getan, dass er in dieser fremden Stadt schlafen musste und nicht daheim an der Seite der Mutter im kleinen Bergfriedhof mit dem lehmigen Boden. Früher hatte sie oft mit dem Gedanken gespielt, dass sie ihn überführen lassen könnte. Aber das war ja nun auch vorbei, nun war ja sie selber von dieser großen Stadt verschluckt worden, und niemand kümmerte sich um sie.

Die Stille, die sie dann auf dem Friedhof umgab, erinnerte sie an die Ruhe im Gebirge, wenn am Abend die Sonne untergegangen war und die Schatten über dem Almfeld lagen. Kein Laut war zu vernehmen, und keine Menschenseele war um diese Zeit hier. Wie stumme Wächter standen die Grabsteine ringsum, unterschiedlich in Größe und Form, manche prächtig ausgeschmückt, andere schlicht und bescheiden, und auf dem einen oder anderen Grab stand sogar nur ein verwittertes Holzkreuz mit verblasster Aufschrift. Dort hatte sich also kein Mensch dazu bereit gefunden, auch nur den Geldbetrag für einen der bescheidenen Grabsteine auszugeben. Meist waren diese Gräber auch sichtlich vernachlässigt.

So gab es also selbst hier an der Stätte des Todes noch den Unterschied von reich und arm und, noch bedeutsamer, wie Johanna schien, den Unterschied zwischen Menschen, an die noch Verwandte und Freunde in Liebe und Dankbarkeit dachten und anderen, die keine Angehörigen hatten oder von diesen schon vergessen waren.

Johanna zupfte den wuchernden Efeu, der sich um den Grabstein rankte, ein wenig zurecht, so dass man die Namen wieder lesen konnte. Hier lagen der Bauer Eberhard Kainz und seine zweite Frau, Lina Kainz, die ihn damals dazu überredet hatte, den Hof zu verkaufen und in die Stadt zu ziehen. Was für ein furchtbarer Fehler das gewesen war!

Johanna begriff auf einmal, dass auch sie in dieser Stadt nie recht Fuß würde fassen können. Es war töricht gewesen, hier einen Neuanfang suchen zu wollen. Die Stadt hatte ihrem Vater kein Glück gebracht, und ihr selbst würde es nicht besser gehen.

Auf der Grabeinfassung sitzend, überlegte Johanna in aller Ruhe, wie es nun weitergehen sollte. Und sie entschloss sich dazu, wieder hinaus auf das Land zu ziehen. Sie würde das Kind mitnehmen und einen Arbeitsplatz suchen, an dem sie nicht gezwungen war, sich von ihm zu trennen. Lieber würde sie einen geringeren Lohn akzeptieren, wenn sie nur ihren kleinen Daniel nicht weggeben musste.

Als Johanna wieder draußen auf den belebten Straßen stand, fühlte sie sich lange nicht mehr so mutlos wie zuvor. Ihr war, als müsse sie heute noch ihren Entschluss wahrmachen.

Als sie an dem Kunstausstellungsgebäude vorbeikam, verhielt sie den Schritt. Es fiel ihr plötzlich ein, wie sie die Entstehung von Severins erstem aufsehenerregendem Werk durch seine Berichte und dann, in jener Nacht, durch eigene Anschauung hatte mitverfolgen können, und sie spürte ein gewaltiges Verlangen, durch die breiten Tore, durch die ein dauerndes Kommen und Gehen war, hineinzugehen, weil sie noch nie in einer Kunstausstellung gewesen war und es vielleicht auch das letzte Mal war, dass sie die Möglichkeit hatte, eine solche zu besuchen.

Eine Weile zögerte sie noch wegen des Eintrittspreises, aber dann stand sie schließlich doch in der weiten, kühlen Vorhalle. Von irgendwoher klang gedämpfte Musik an ihr Ohr, ein großes Gemälde mit einem sommerlichen Weizenfeld nahm ihren Blick gefangen. Mehrere Minuten stand sie nachdenklich vor dem Bild, das ihr wie ein Omen, eine Bestätigung der Richtigkeit ihrer Entschlüsse vorkam. Ganz langsam ging sie dann weiter, von Bild zu Bild, ihre Schuhe klapperten ein wenig auf dem gemaserten Marmorpflaster. Vieles von dem, was ausgestellt war, berührte sie allerdings wenig.

Ein Stück weiter vor sich sah sie dann schließlich eine größere Menschenmenge stehen. Sie hatte sich um eine lebensgroße Figur geschart. Johanna näherte sich dem Kunstwerk, das so viele Bewunderer um sich geschart hatte, blickte es an und blieb dann wie angewurzelt stehen. Was war denn das? Sah sie denn in einen Spiegel? Diese Figur dort stellte sie selbst dar! Sie kauerte auf dem Boden und hatte ihr Gesicht jemandem zugewandt, der selbst nicht sichtbar war.

Unwillkürlich war sie näher getreten. Die Menschen vor ihr hatten Kataloge in den Händen und sprachen aufgeregt durcheinander.

»Dieser Lienhart ist zweifellos zur Zeit einer der besten Bildhauer«, sagte ein Herr mit einer Löwenmähne und einer dunklen Brille auf der Nase. »Bitte, sehen Sie sich doch das einmal genau an. Es ist Stein und doch wirkt es nicht wie Stein. Diese Frau wirkt wie eine lebendige Person, die mitten in der Bewegung in Stein verwandelt worden ist, man glaubt, sie müsse sich jeden Moment erheben ...«

Eine Dame in einem weiten Basthut rückte ihre Brille zurecht. »Wahrhaftig, genau so ist es«, plapperte sie begeistert. »Und diese kleine Ader dort am Hals – wie entzückend! Man könnte direkt meinen, dass man das Blut hindurchfließen sehen müsse.« Sie sah sich um, wie ihre Worte gewirkt haben könnten. Ein junger Herr, mit einem schmalen Bärtchen auf

186

den Lippen, meinte: »Mich würde besonders das Original interessieren.«

»Was mich am meisten fesselt, ist dieses geheimnisvolle Lächeln um ihre Mundwinkel«, sagte ein älterer Herr, der wie ein Gelehrter aussah. »Vielleicht wird dieses Lächeln im Laufe der Zeit so viele Interpretationsversuche verursachen wie das Lächeln der Mona Lisa.«

Darauf hatte niemand etwas zu sagen. Vielleicht versuchten sie nun alle, dieses Lächeln zu ergründen. Und Johanna fühlte zum ersten Mal, wie so ein Kunstwerk von der Meinung der Menschen abhängig war. In allem aber war ihr nur der eine Gedanke vorherrschend: Vergessen kann er mich nicht haben, sonst hätte er dies nicht schaffen können.

Und plötzlich war ihr, als setze ihr Herz den Schlag aus. Vom Mittelgang her kam Severin in Begleitung eines Herrn und einer Dame. Wie gebannt blickten ihre Augen nach ihm, aber er wandte seine Aufmerksamkeit den Bildern an der Wand zu. Und dann – ja, dann gelang es ihr endlich, sich wieder zu rühren, obgleich sie schon fast geglaubt hatte, ihre Füße seien in den Boden hineingewachsen. Sie ging weg, mit eingezogenem Nacken floh sie förmlich vor ihm und drückte sich unauffällig hinter eine Palmengruppe. Der andere Herr war Ralph Kirchhoff, wie sie nun feststellte, und die Dame wahrscheinlich Kirchhoffs Frau. Nun standen sie vor der »Kauernden«. Severin trug einen hellen Sommermantel. Er erklärte jetzt etwas, sie konnte es nicht verstehen, nur an der Geste seiner Hände sah sie es. Die drei standen etwas weiter weg von der Gruppe der anderen, verhielten sich auch nicht allzu lange, sondern gingen weiter, kamen näher, immer näher. Jetzt hörte sie seine Stimme. Dicht vor der Palme gingen sie vorbei.

Wie durch einen Nebelschleier sah sie ihn vorbeigehen, und später dachte sie zuweilen darüber nach, ob sie nicht die Möglichkeit hätte nutzen sollen, vor ihn hinzutreten und ihn anzusprechen. Doch der Mensch denkt bei solchen Gelegenheiten häufig, ›hätte ich nur dies oder jenes getan‹, und weiß doch im Innersten, dass er es nicht hätte tun können, weil ihm einfach der Mut dazu fehlte.

Die Ausstellung hatte ihr jetzt nichts mehr zu sagen. Durch eine breite Flügeltür kam sie auf der anderen Seite des Gebäudes nach draußen. Sie ging und ging, als ob sie gejagt würde, bis sie schließlich zu Hause angekommen war. Dort nahm sie den kleinen Daniel auf den Arm, setzte sich mit ihm in den fallenden Abend hinaus und weinte bitterlich.

»Es freut mich ganz außerordentlich, dass du endlich wieder einmal den Weg zu mir gefunden hast«, sagte Alexander Lienhart zu Severin. »Bitte, nimm Platz. Du hast also meinen Brief bekommen? Ja, natürlich, sonst wärst du ja nicht da. Du siehst gut aus. Tatsache. Wirklich blendend siehst du aus. Übrigens ...« – Alexander kam abermals auf den Bruder zu und streckte ihm die Hand hin – »meine Gratulation zu der Ausstellung. Einfach großartig, dieses kauernde Mädchen. Du fängst so langsam an, mir Respekt einzuflößen. Ich gebe gerne zu, dass ich deine künstlerischen Ambitionen lange Zeit nicht ernst genommen habe. Du hast mich nun aber eines Besseren belehrt. Also – ich habe dir geschrieben, weil es mir Leid tat, dass du dein Geld so unsicher angelegt hattest, und ich ...«

»Deswegen bin ich hergekommen«, unterbrach Severin. »Ich bin nicht abgeneigt, dich um Beratung in künftigen finanziellen Angelegenheiten zu bitten, wenn du dazu bereit wärest.«

Alexander nahm die Brille ab und putzte sie mit seinem seidenen Stecktüchlein. »Das freut mich. Wirklich, es freut mich aufrichtig. Du handelst damit nicht nur im Sinne unseres verstorbenen Vaters, es zeigt mir auch, dass du Vertrauen zu unserer Bank hast. Selbstverständlich will ich dabei nicht verdienen, denn ...«

»Davon kann doch keine Rede sein«, unterbrach Severin. »Erinnerst du dich noch, was du mir damals gesagt hast, als wir von einer Büste unseres Vaters gesprochen haben, die ich machen sollte? Jede Arbeit ist ihres Lohnes wert, hast du da gesagt. Freilich«, fügte er etwas verlegen hinzu, »bisher hatte ich noch keine Gelegenheit, die Büste zu fertigen. Aber ich habe es nicht vergessen!«

»Lass dir Zeit; das hat wirklich keine Eile«, versicherte ihm Alexander. »Und was deine Geldangelegenheiten betrifft, so schlage ich der Einfachheit halber vor, ich nehme die Büste, wenn sie einmal fertig ist, als Bezahlung an die Bank für meinen Einsatz in deinen Angelegenheit an. Zwar werden deine Arbeiten wohl inzwischen mit Gold aufgewogen, doch das macht nichts, denn in meinem Bereich bin ich nicht schlechter als du in deinem. Ich habe die feste Absicht, dich durch kluge und langfristige Geldanlagen zu einem reichen Mann zu machen. Ich werde dir kurz erklären, wie ich das anfangen will.«

Und Alexander erklärte dem Bruder in einem ausführlichen Vortrag, wie er dessen Geld sicher und Gewinn bringend anzulegen beabsichtigte. Severin bemühte sich redlich, die Pläne seines Bruders gedanklich nachzuvollziehen, stellte Rückfragen, wenn er ihm geistig nicht mehr folgen konnte, nickte schließlich und erklärte, er wolle ihm freie Hand lassen bei diesen Geschäften, denn Alexander sei offensichtlich in dieser Hinsicht ein Genie, und er habe volles Vertrauen in seine Fähigkeiten zur Geldvermehrung.

»So, und nun wollen wir die Sache ein wenig feiern. Du kommst doch mit mir in unsere Wohnung? Silvia würde es mir nie verzeihen, wenn ich dich gehen ließe, ohne dass sie dich begrüßen konnte.«

»Ist denn Silvia hier und nicht draußen in Hermannshagen?«

»Zur Zeit ist sie hier, ja. Seit unsere kleine Sarah auf der Welt ist, fühlt sie sich auf dem Gut einfach wohler als in der Stadt, und es ist ja wohl auch besser für das Kind dort. Doch die Kleine hatte solche Schwierigkeiten beim Zahnen, dass sie Tag und Nacht nur noch geschrien und dazu auch noch hohes Fieber bekommen hat. Hier in der Stadt hatten wir für den Bedarfsfall einfach schneller einen Kinderarzt bei der Hand. Erfreulicherweise scheint es jetzt aber überstanden zu sein. Nächste Woche siedeln die beiden wieder nach Hermannshagen über.«

Alexander verstaute noch einige Papiere in der Ablage auf seinem Schreibtisch, erhob sich dann und ging zur Türe.

Severin fand, dass Silvia blendend aussah. Ihre Begrüßung war ungezwungen und herzlich, und

Alexander strahlte über das ganze Gesicht. Severin musste sofort das Kind in Augenschein nehmen. Er begriff zwar nicht so recht, wieso sowohl Alexander als auch Silvia der festen Überzeugung zu sein schienen, dass dieses Kind ein ganz besonderes und überaus bemerkenswertes Kind sei, denn ihm kam es nicht anders vor als andere Kinder im selben Alter auch. Doch dieses Kind schien aber immerhin eine feste und dauerhafte Brücke zwischen den beiden Ehegatten geschlagen zu haben. Severin stellte nicht ohne Befriedigung fest, dass diesmal eine ganz andere Harmonie zwischen ihnen herrschte als damals beim Tode der Mutter.

»Übrigens muss ich dir ja noch gratulieren«, lächelte Silvia schließlich.

»Wozu?«, fragte Severin, doch im selben Moment begriff er, dass sie seinen neuen Ausstellungserfolg meinen musste. »Ach so. Na ja, lass nur, Silvia. Wenn ich schon bleibe, so tut mir bloß den einen Gefallen und redet nicht mehr über meine Steinhauerei. Ich habe heute den ganzen Tag noch nichts anderes gehört, und es hängt mir allmählich zum Hals heraus. Ich komme nicht umhin, mir einzugestehen, dass ich Kunst lieber praktiziere, als darüber zu reden. Also, wollen wir uns bitte über andere Themen unterhalten?«

»Bitte, bitte«, sagte Alexander, insgeheim etwas erleichtert, denn er verstand von Kunst bedeutend weniger als seine Frau und schätzte es gar nicht, dass in solchen Gesprächen seine Unterlegenheit bedauerlich häufig für jeden erkennbar war. »Dann erzähl doch etwas von dir. Wir sind ganz Ohr. Wie geht es auf deinem Bauernhof?«

Ja, das war ein Thema nach Severins Geschmack! Hier hatte er eine Menge zu erzählen. Jeden Winkel des Margaretenhofes erklärte er, sogar den Klang des Kapellenglöckleins versuchte er zu imitieren. Auch die Arbeiten, die auf dem Hof anstanden, beschrieb er ausführlich.

»Also das muss ich mir dann doch einmal ansehen«, sagte Alexander. »Du machst einen direkt neugierig. Übrigens – diese Kauernde da ... Ach so, davon sollten wir ja nicht reden.«

Er hatte gerade sagen wollen, dass ihn dieses Gesicht an jemanden Bekannten erinnerte, an eine fremde Frau, die einmal bei ihm in der Bank vorgesprochen und sich nach Severin erkundigt hatte. Aber den Wunsch seines Bruders nach Gesprächsthemen, die nichts mit Kunst zu tun hatten, wollte er natürlich respektieren. Und danach vergaß Alexander völlig, nochmals von ihr anzufangen.

Severin erzählte weiter vom Sixt und von der Merkwürdigkeit des Zufalls, wie er diesen wiedergetroffen hatte. »Vielleicht kannst du dich noch erinnern, Alexander, an diesen vierschrötigen Burschen, den ich damals aus dem Wehr herausgezogen habe? Er war auf Hermannshagen Praktikant.«

Alexander konnte sich nicht mehr erinnern. Er kannte die Leute, die dort beschäftigt waren, kaum, außer natürlich dem Verwalter. Aber Hermannshagen, ja, ob er denn gar nicht mehr hinauskommen wolle?

Er habe doch sicher Interesse daran, sich vom Verwalter die eine oder anderen landwirtschaftliche Neuerung zeigen zu lassen, die er auch für seinen Hof verwenden könne.

»Meine Zeit ist zwar knapp, aber hin und wieder wird es sich schon ermöglichen lassen. Vielleicht, dass ich nun endlich die Ruhe finde, an Vaters Büste zu arbeiten.«

Die Zeit verging wie im Fluge. Als es Mitternacht schlug, saßen sie immer noch beisammen. Und als Severin am nächsten Tag wieder nach Bernbichl zurückfuhr, nahm er das Gefühl mit sich, noch nie im Leben so gut mit seinem Bruder harmoniert zu haben.

»Mit einer Stelle für jemanden, der keine Ausbildung hat, sieht es im Augenblick schlecht aus«, sagte der Beamte hinter dem Schalter der Arbeitsvermittlungsstelle. »Höchstens in der Landwirtschaft könnte ich Ihnen etwas anbieten.«

»Ja, darüber hatte ich auch nachgedacht«, sagte Johanna eifrig. »Arbeit in der Landwirtschaft wäre mir sogar sehr recht. Haben Sie da etwas?«

»Ich werde mal nachsehen.«

Er tippte etwas in seinen Computer, druckte schließlich eine Seite aus und las halblaut vor: »Gut Hermannshagen. Bahnstation Grießenholm.« Er kam wieder an den Schalter. »Dort suchen sie eine landwirtschaftliche Helferin. Vielleicht wäre das etwas für Sie?«

»Ja, sicher. Nur ...« Johanna beugte sich ein wenig vor und senkte die Stimme. »Nur – denken Sie, dass ich da auch ein Kind mitbringen kann?«

»Das weiß ich nicht. Aber versuchen Sie es doch einfach einmal.«

Am Nachmittag fuhr Johanna nach Grießenholm. Eine gute halbe Stunde sei es zu Fuß bis Hermannshagen, sagte der Bahnbeamte, den sie fragte. Sie könne aber auch auf den Bus warten. Doch Johanna war viel zu unruhig, um sich nun erst für einige Zeit hinzusetzen. Außerdem hatte sie Lust zu laufen. Sie dankte für die Auskunft und ging los.

Es war schon tiefer Herbst. Rostbraun hingen die Blätter an den Bäumen, und auf den sich sanft hinziehenden Hügeln brannten bereits die Kartoffelfeuer.

Ein paar Mal blieb Johanna stehen und atmete gierig den herben Geruch des Ackerbodens ein. Wie hatte sie ernsthaft glauben können, sich in der Stadt wohl zu fühlen? Sie lächelte glücklich vor sich hin und ging dem nahen Ziel zu. Es wurde ihr erst wieder etwas bänglich zumute, als sie den Gutshof vor sich liegen sah. Sie nahm ihren Zettel vor und las noch einmal: »Gut Hermannshagen, Herr Wölfert, Verwalter«. An diesen Mann hatte sie sich zu wenden. Ob er damit einverstanden sein würde, wenn sie ihr Kind mitbrachte?

Doch der Verwalter war nicht da, als Johanna die junge Frau im Büro fragte. Eigentlich hätte sie sich ja denken können, dass so ein Gutsverwalter an solch einem schönen Tag irgendwo draußen auf den Feldern sein musste. Vielleicht wäre es sogar besser gewesen, ihn dort aufzusuchen. Sie hätte ihn in ein Gespräch über den Stand der Arbeiten dort verwickeln und ihm damit gleich beweisen können, dass sie von landwirtschaftlicher Arbeit etwas verstand.

Eine halbe Stunde später etwa hörte sie draußen einen festen Schritt, und gleich darauf kam die Frau wieder und sagte, dass sie nun hineingehen könne in den Raum auf der anderen Seite des Flures, an dem die Türe nur angelehnt war.

194

Am Tisch stand ein Mann mit brauner Lederjoppe und schweren Stiefeln, an denen noch Erdbrocken hingen. Er beschäftigte sich mit der Post, die man ihm auf den Schreibtisch gelegt hatte. Als Johanna an die offene Tür klopfte, um ihn auf sich aufmerksam zu machen, drehte er sich um.

»Ich komme auf Empfehlung des Arbeitsamtes«, sagte Johanna. »Es wäre eine Stelle als Hilfskraft bei Ihnen frei?«

Der Mann drehte sich um. Johanna sah in ein breites, rotes Gesicht mit ein paar buschigen Brauen und einem graumelierten, zerzausten Schnurrbart über vollen Lippen.

»Eine Hilfskraft. Ja, das ist richtig.«

Er suchte seinen Tabaksbeutel, brachte eine kurze Pfeife in Brand und schaute zum Fenster hinaus.

»Kennen Sie sich mit landwirtschaftlicher Arbeit aus?«

»Ja, ich bin als Bauerntochter aufgewachsen und habe Erfahrung. Ich will Sie gerne davon überzeugen.«

Der Gutsverwalter nickte. »Ihnen sieht man es eigentlich auch an, dass Sie von Arbeit etwas verstehen. Ich habe nur meiner Erfahrung nicht getraut, denn manchmal schicken sie uns vom Arbeitsamt Leute heraus, mit denen wir beim besten Willen nichts anfangen können. Nebenbei bemerkt handelt es sich nicht um eine Saisonarbeit für die Kartoffelernte, sondern um eine Dauerstellung. Darum habe ich gefragt. Wie alt sind Sie denn?«

»Vierundzwanzig.«

»Na schön. Wenn Sie möchten, können Sie sofort anfangen. Wir haben alle Hände voll zu tun und entschieden zu wenig Leute hier. Wann wollen Sie antreten?«

»Ich könnte ab morgen schon kommen.«

»Gut, gut. Kommen Sie morgen.«

Er wollte sich schon abwenden, doch Johanna öffnete zögernd den Mund, als ob sie noch etwas sagen wollte. Er runzelte die Stirne und fragte: »Sonst noch was?«

»Ja, ich wollte noch fragen –«

»Ach so! Ja, natürlich. Na, passen Sie auf. Wir bezahlen nach Tarif und bei besonderer Zufriedenheit auch ein paar Mark darüber. Also, kommen Sie morgen.«

Johanna nahm nun allen Mut zusammen. »Herr Wölfert – ich wollte noch fragen ... Ich habe nämlich einen kleinen Jungen, den ich nicht allein lassen kann ...« Ihre Stimme schwankte und sie hielt schließlich mitten im Satz inne.

Wölfert schob die Brauenbüschel zusammen und nahm die Pfeife aus dem Mund. »Wieso einen Jungen? Sind Sie denn verheiratet? Und wo ist der Mann?«

Johanna senkte den Kopf und schwieg. Der Verwalter war ein gutmütiger Mensch und da er begriff, dass er mit seiner Frage an eine Wunde rührte, bohrte er nicht weiter nach. Stattdessen sagte er: »Ja, das ist natürlich so eine Sache. Auf Säuglingspflege sind wir freilich nicht eingestellt. Wie alt ist das Kind?«

»Ein halbes Jahr.«

Eine Weile herrschte nun Schweigen. Der Verwalter kritzelte mit einem Bleistift auf einer Zeitung herum. ›Wenn er nun damit fertig ist‹, überlegte Johanna, ›dann wird er sich entschieden haben und

196

wird sagen: Ja, das tut mir sehr Leid, aber in diesem Falle können wir nichts machen.‹

Doch Wölfert hatte nicht die Absicht, sich eine so offensichtlich passende Arbeitskraft entgehen zu lassen. Er hatte lediglich angestrengt überlegt, wie man mit dem Kind verfahren konnte. »Die Frau eines unserer Arbeiter hat zwei Kinder ... vielleicht ist sie bereit, sich während Ihrer Arbeitszeit auch um Ihres zu kümmern? Ich werde mit ihr reden.«

Er griff zum Telefon und wählte eine Nummer, sprach ein paar Worte, und danach begab er sich mit Johanna zur Wohnung der Frau, die vielleicht für Daniel sorgen würde. Tatsächlich verstanden sich die beiden Frauen auf Anhieb so gut, dass auf der Stelle vereinbart wurde, dass man so verfahren würde, wie der Verwalter es vorgeschlagen hatte: Gegen ein entsprechendes Entgelt würde sich die Frau um Johannas Kind kümmern. Und so begann denn wiederum ein neuer Abschnitt in Johannas Leben.

Als sie am nächsten Tag auf das Gut kam, lieferte sie im Büro ihre Papiere ab und ging gleich an die Arbeit.

12

Die Wochen und Monate gingen dahin, es wurden
Jahre daraus. Der Besitzer des Margaretenhofes war
immer noch unverheiratet und schien keine Anstal-
ten zu machen, daran etwas zu ändern, obwohl es
nicht gefehlt hätte an rührigen Müttern, die ihre
Töchter gerne auf dem Osterberg gewusst hätten an
der Seite dieses merkwürdigen Bauern, dem es ein-
fallen konnte, zwischen Aussaat und Ernte irgendein
Bildwerk zu hämmern. Da war zum Beispiel im
Frühjahr des Jahres die Erlmoserin zu ihm gekommen, weil sie gehört hatte, dass man auf dem Margaretenhof ganz eigenartige weiße Hühner züchte, die
ihre Eier bis tief in den Herbst hinein legten.

»Ja«, sagte Severin, »das stimmt schon. Aber da
musst du zum Verwalter gehen.«

»Soso, zum Verwalter.« Die Erlmoserin verschränkte die Hände im Schoß und sah sich neugierig um. »Schön hast du es hier, das muss man sagen.
Schön, aber vielleicht doch ein bisschen einsam?«

Severin schmunzelte über diese durchsichtige Bemerkung. Der Sixt hatte ihm schon gesagt, dass die
Erlmoserin drei heiratsfähige Töchter hätte.

»Wieso einsam? Hier hat es doch genügend Leute.«

Es wurde zwar mit den weißen Hühnern ein kleines Geschäft, aber das große, um dessentwillen die
Erlmoserin eigentlich gekommen war, blieb aus. Der

Margareter versprach auf ihr Drängen hin zwar, dass er einmal bei ihr vorbeikommen wolle, verschob es aber von Woche zu Woche.

Solche Versuche, ihn als Schwiegersohn zu gewinnen, hatte er schon mehrere hinter sich. Selbst der Sixt war für ihn schon einmal insgeheim auf Brautschau gegangen.

Oft fragte Severin sich zwar selbst, ob denn sein Leben immer so weiterlaufen solle. Doch irgendetwas hinderte ihn nach wie vor daran, den Mädchen Beachtung zu schenken. Wenn er sie sonntags nach der Kirche über den Marktplatz kommen sah, in ihren schönen Trachten, dann stellte er auch jetzt, nach über drei Jahren, noch einen kritischen Vergleich an zwischen ihnen und jenem Mädchen Johanna, dem er in seiner »Kauernden« ein unvergängliches Denkmal geschaffen hatte.

Nein, sonst konnte er sich zu keiner größeren Arbeit mehr aufraffen. Ein paar recht schöne Porträtköpfe nach Vorbildern aus der Umgebung hatte er gearbeitet, ein Fohlen und einen alten Schafhirten. Das waren allerdings mehr die Ergebnisse von Spielereien als von einem ernsten, echten Schaffensdrang gewesen, wie er ihn früher öfters hatte, und er hatte auch nichts davon ausgestellt, weil er selber fühlte, dass sie gegen seine beiden besten Werke nicht bestehen konnten. In der übrigen Zeit hatte er sich statt dessen immer mehr um die Arbeit auf seinem Hof gekümmert. Allmählich wusste auch er, worauf es ankam, doch gab er sich nicht der Illusion hin, auf einen Verwalter verzichten zu können. Ihm fehlten trotz der erworbenen Kenntnisse viele Jahre Erfahrung, die jeder einfache Arbeiter ihm voraus hatte.

Mit seinem Bruder Alexander stand er inzwischen in einem regen Briefwechsel, und kürzlich hatte dieser geschrieben, dass Severin bald zur Taufe kommen müsse. Man hoffe allgemein, dass es diesmal ein Junge würde.

Diese Nachricht stimmte Severin etwas melancholisch. Es erinnerte ihn an sein eigenes Alleinsein. Sollte das denn bis an sein Lebensende so weitergehen? Doch wenn er sich vorzustellen versuchte, sich mit einer Frau zu verbinden, scheiterte dies regelmäßig daran, dass er sich als Frau an seiner Seite keine außer Johanna vorstellen konnte. Er brachte sie einfach nicht aus dem Sinn. Wo es sie nur hinverschlagen haben mochte? Er hatte nie wieder etwas von ihr gehört. Doch nach ihr suchen wollte er dennoch nicht. Dazu saß der Stachel wohl zu tief.

Dass Johanna im Gutshof sofort mit offenen Armen aufgenommen worden war, verdankte sie dem Scharfblick des Verwalters, der richtig erkannt hatte, dass er sich mit ihr eine tüchtige Arbeitskraft verschaffen konnte. Es hatte sich rasch gezeigt, wie Recht er mit dieser Einschätzung gehabt hatte. Von Hermannshagen war sie inzwischen nicht mehr wegzudenken.

Das war nicht zuletzt auch das Verdienst des kleinen Daniel, der längst zum Liebling aller auf dem Gut geworden war. Die Leute verwöhnten ihn, die Köchin steckte ihm Süßigkeiten zu, man ließ ihn auf dem Traktor mitfahren, und Johanna sah ihn oft stundenlang überhaupt nicht, denn es fand sich immer jemand, der Zeit und Lust hatte, sich mit dem Kind zu beschäftigen.

Längst wusste Johanna auch, wer der Besitzer von Hermannshagen war. Bei ihrem Einstehen hatte sie keine Ahnung davon gehabt, dass es sich bei diesem ausgerechnet um Alexander Lienhart handelte. Als sie ihn das erste Mal sah, erschrak sie heftig. Aber er erkannte sie nicht mehr, überhaupt kümmerte er sich wenig um die Leute des Gutes. Auch seine Frau kam selten aus dem Herrenhaus herüber.

Johanna war noch nie ins Herrschaftshaus gekommen. Sie kannte den schönen alten Park mit dem Weiher nur vom Hinüberschauen über die mannshohe Ligusterhecke. Da konnte man zuweilen die Frau auf der Terrasse sitzen oder mit ihrem kleinen Mädchen, Sarah, spielen sehen.

Daniel kannte dagegen wenig Hemmungen, auch diesen Teil seiner Umgebung zu erforschen. Er schlüpfte eines Tages durch die Hecke, begann mit dem Mädchen zu spielen und war bald im Herrenhaus stets ein willkommener Besucher.

Der Tag war schwül. In geschäftiger Eile trieben die Wolken über die Felder. Die Sonne stach immer wieder durch einen Wolkenspalt heraus und bedrängte dann die Leute mit ihrer glühenden Schwüle. Doch es half nichts: Die Weizenernte war in vollem Gange, und man musste sich sputen, um noch vor dem angekündigten Gewitter fertig zu werden.

Von der Terrasse des Herrenhauses aus konnte man durch eine breite Lücke in der Hecke die Leute bei der Arbeit beobachten. Alexander Lienhart und seine Frau saßen mit ihrem Gast unter dem bunten Sonnenschirm beim Nachmittagskaffee. Severin war am Tage vorher zur Tauffeier erschienen, und nun hatten ihn die beiden wirklich überreden können, noch ein paar Tage zu bleiben.

Alexander wollte eigentlich mit dem Bruder ein bisschen ausreiten und bei der Gelegenheit am Feld vorbei, um ihm seinen neuen Mähdrescher bei der Arbeit zeigen zu können. Aber gerade als sie mitten beim Kaffeetrinken waren, läutete das Telefon, und Alexander musste dringend in die Bank zurückfahren.

»Kannst du es denn nicht bis zum Abend aufschieben?«, meinte Silvia. Aber Alexander wehrte sofort ab. »Nein, leider, es ist sehr dringend. Aber wir holen das morgen nach, Severin. Übrigens mache ich euch den Vorschlag: Fahrt doch mit dem Jagdwagen ein wenig über Land. Die Pferde müssen sowieso bewegt werden. Also, macht's gut. Bis zum Abend bin ich wieder zurück.«

Kurz darauf hörte man den Motor anspringen, und Alexanders Auto glitt zur Straße hinaus. Die beiden blieben allein zurück. Kein Lufthauch bewegte die Kronen der alten Parkbäume. Dann sagte Silvia: »Ich kann dir gar nicht sagen, Severin, wie glücklich ich darüber bin, dass ihr Brüder euch wieder näher gekommen seid. Ich glaube, wenn du nicht gekommen wärst zur Tauffeier, Alexander wäre wirklich gekränkt gewesen.«

»Du nicht?« Er sagte das ohne jeden Hintergedanken.

»Natürlich hat es mich auch gefreut. Und weißt du, jetzt will ich einmal nicht mehr nachgeben. Alexander muss mit mir unbedingt einmal zu deinem Berghof fahren. Ich kann mir nämlich gar nicht vorstellen, wie du wohnst, wie sich dein Leben dort abspielt, wie und wo du arbeitest. Arbeitest du überhaupt zur Zeit an irgendetwas?«

Severin wollte ihr gerade erklären, dass künstlerisch eine Art Stillstand eingetreten sei, eine Atempause – als man plötzlich zwischen den Bäumen ein paar helle Kinderstimmen hörte. Sarah kam mit flatternden Röcken dahergerannt, und hinter ihr tauchte der blonde Wuschelkopf von Daniel auf. Er trug nur eine blaue Badehose und war am ganzen Körper braun gebrannt. Sarah sah ihren Onkel, stieß einen Freudenschrei aus und rannte direkt in Severins ausgebreitete Arme. Der Junge aber blieb zaghaft in einiger Entfernung stehen.

»Nanu? Wer ist denn das?«

»Er gehört einer der Angestellten auf dem Gutshof«, erklärte Silvia. »Ein netter kleiner Kerl übrigens. Sarah hat ihn zu ihrem bevorzugten Spielgefährten auserkoren.«

»Ein netter kleiner Kerl? Meine liebe Schwägerin, das ist schon etwas mehr als ein netter kleiner Kerl.« Er schob Sarah sanft beiseite und stand auf. »Komm mal her, Kleiner.«

Daniel kam etwas zaghaft näher, und Severin betrachtete ihn. Dann wandte er sich wieder an Silvia. »Du, den möchte ich unbedingt modellieren. Seine Mutter wird doch wohl nichts dagegen haben?«

»Sicherlich nicht.«

»Wie gut, dass ich hergekommen bin! Da sieht man wieder, dass alles Suchen und Umherirren nichts hilft. Das Gute schenkt sich einem zur vorbestimmten Stunde. Ich glaube, dass ich noch ein paar weitere Tage hierbleiben muss. Na – ich kann dir nicht sagen, wie ich mich freue! Seine Mutter arbeitet hier, sagtest du? Ich will sie gut bezahlen, wenn sie mir den Jungen zum Modellieren überlässt. Vielleicht bist du so lieb, Silvia, und sprichst gleich heute noch mit dieser Frau.«

»Sehr gerne, Severin. Hör mal zu, Daniel: Dieser Onkel will dich einmal zeichnen. Willst du das?«

Daniel kaute an einem Kuchenstück und sah Severin treuherzig an. Dann nickte er, obwohl er vielleicht gar nicht recht wusste, was man von ihm verlangte. Er sagte bloß: »Dann soll er Sarah auch zeichnen.«

Severin nickte und sagte, Sarah werde er selbstverständlich auch zeichnen. Wenn er beide Kinder zugleich zum Skizzieren bei sich hätte, würde er sicher das Vertrauen des Jungen leichter gewinnen, dachte er.

Drinnen im Haus war jetzt das Baby aufgewacht und begann zu schreien. Silvia musste ins Haus, und mit einem Mal waren auch die beiden Kinder wieder verschwunden. Von irgendwoher hörte er ihre jauchzenden Stimmen.

Severin zündete sich eine Zigarette an und wanderte langsam auf dem Parkweg dahin, am Weiher vorbei, immer tiefer in den alten Park hinein, in Gedanken versunken über das Bedürfnis, wieder zu gestalten, den der Anblick des hübschen, quirligen kleinen Jungen in ihm erweckt hatte.

Kürzlich hatte er in einer Zeitschrift eine Abhandlung über das Phänomen gelesen, dass manche viel versprechende Talente nach ein paar Werken wieder zurücksinken in das Nichts, aus dem sie gekommen waren. Es war ein Seitenhieb auf ihn, das hatte er wohl empfunden, denn weiter unten war dann noch die Rede von jener »Kauernden«, die einmal so viel Aufmerksamkeit erregt hatte. Nun sollten sie sehen, dass er noch keineswegs ausgebrannt war!

Ganz unverhofft war er durch eine Lücke ins Freie gekommen. Das graue Gewölk hatte sich verzogen, und im Westen stand das Abendrot.

Plötzlich wurde er von einem Gruß aus seinen Gedanken gerissen. Inspektor Wölfert stand vor ihm, der gestern auch bei der Tauffeier zugegen gewesen war. Zusammen gingen sie über einen schmalen Wiesenweg auf den Gutshof zu, und als sie hinter einer Waldspitze hervorkamen, stießen sie auf einige Arbeiter des Guts, die offenbar auf dem Heimweg waren. Severin nickte ihnen zu und wollte ihnen einen schönen Feierabend nach einem so anstrengenden Tag wünschen. Da blieb sein Blick plötzlich an einer Frau hängen, die ihn erschrocken anstarrte.

Auch Severin blieb nun wie vom Donner gerührt stehen. Der Verwalter sah von einem zum anderen und begriff schließlich, dass sich hier etwas Außergewöhnliches abzuspielen begann. Er ging mit den anderen Leuten weiter und bemühte sich, sie von dem abzulenken, was sich da ereignete, indem er verkündete: »Auf dem Heimweg können wir noch kurz die Arbeitspläne der nächsten Tage besprechen. Johanna, lass dir Zeit, mit dir muss ich nachher ohnehin noch einmal ausführlich reden.«

Doch Johanna schien ihn gar nicht zu hören, ebensowenig wie Severin. Die beiden standen sich wortlos gegenüber und wussten lange nicht, was sie sich sagen sollten. Johanna brach schließlich das Schweigen als Erste und sagte leise: »Severin! Ich habe es immer gefühlt, dass ich dich eines Tages wiedersehen werde.«

»Und du hattest keine Angst vor dieser Begegnung?«, meinte Severin bitter. »Wie willst du dich denn vor mir rechtfertigen? Oder hast du dir schon längst eine Geschichte zurechtgelegt?«

Johanna war so überrascht von diesem ungerechten und unerwarteten Vorwurf, dass sie nur stammeln konnte: »Wie sprichst du denn mit mir, Severin? Was habe ich dir denn getan?«

»Das fragst du noch?«

Johanna sah Severin an, als ob sie an seinem Verstand zweifeln müsse. »Ach so, du hast also einen Grund zum Zorn gegen mich.« Sie erinnerte sich an die ausgestandene Not, die Ängste, den Klatsch im Dorf, und eine Zorneswoge stieg in ihr auf. Es kam auf einmal ein böses Funkeln in ihren Blick und ihre Stimme wurde eisig. »Verstehe ich das jetzt richtig, dass du zornig auf mich bist, weil du mich ohne ein Wort hast sitzen lassen? Damals in Bernbichl war ich gut genug für ein schnelles Abenteuer, bei dem du dich nicht geschämt hast, mir Gott weiß was für Märchen übers Heiraten zu erzählen, um mich herumzukriegen, jetzt ist es dem Herrn peinlich, wenn ich ihm über den Weg komme – aber ich soll mich vor dir rechtfertigen?« Ihre Stimme wurde während dieser langen Anklage immer lauter.

»Ich muss ja froh sein, dass ich nie Gelegenheit bekommen habe, dich wirklich zu heiraten, wie ich es vorhatte«, schrie er jetzt ebenfalls zornig, »wo es doch anscheinend das halbe Dorf mit dir getrieben hat. Dass du nicht einmal weißt, wer der Vater deines Kindes ist, spricht ja wohl Bände!«

»Das ist doch unglaublich!« Ihre Lippen zitterten. Dann warf sie den Kopf stolz zurück. »Komm mit!«, forderte sie ihn kurz auf.

Sie schritt ihm voran, und er folgte ihr stumm, obwohl er nicht hätte sagen können, warum er hinter ihr herlief, als ob er von einer Schnur gezogen würde. Kein Wort fiel mehr zwischen ihnen, bis sie an die Mauer des Gutshofes kamen. Dort bedeutete sie ihm zu warten und ging in den Hof.

Nach einer Weile – Severin dünkte sie wie eine halbe Ewigkeit – kam sie wieder zurück und hatte den kleinen Daniel an der Hand. Daniel erkannte ihn sogleich wieder und lächelte ihn an. Severin aber überfiel mit einem Mal ein unglaublicher Gedanke. Da sagte schon Johannas schneidende Stimme: »Nun schau dir das Kind einmal an und hab noch einmal die Stirn, mir vorzuwerfen, dass ich nicht wisse, wer der Vater dieses Jungen sei! Jeder Trottel kann erkennen, wem er ähnlich sieht, wenn man ihn und dich nebeneinander stehen sieht.«

Severin rang um seine Fassung, und endlich stammelte er fassungslos: »Aber, Johanna ...«

»Du sollst das Kind ansehen und nicht mich!«, verlangte Johanna hart. »Ihr Künstler bildet euch doch immer so viel auf euren scharfen Blick ein! Schau diese Augen an, schau diesen Mund an, und dann sag mir noch einmal, was du vorher behauptet hast, wenn du noch immer den Mut dazu hast!«

Da musste Severin den Blick senken. Eine flammende Röte stieg in sein Gesicht. Vielleicht war dies der beschämendste Augenblick seines Lebens, als er jäh erkannte, dass dieser kleine Blondschopf sein eigenes Fleisch und Blut sein musste. Zu allem Überfluss sagte ihm Johanna jetzt noch, wann der Kleine geboren war. Und nun möge der kluge Herr doch die Zeit nachrechnen und ihr dann noch einmal sagen, dass man nicht wisse, wer der Vater sei.

Severin war zumute, als öffne sich die Erde vor ihm, um ihn zu verschlingen. Ein paar Mal öffnete er den Mund, um etwas zu sagen, aber seine Lippen bewegten sich nur zu unverständlichem Geflüster. Endlich sagte er kaum hörbar: »Warum hast du mir dann niemals geschrieben?«

Johanna lachte hart und trocken auf. »Wohin hätte ich denn schreiben sollen? Woher hätte ich denn wissen sollen, wo du untergetaucht bist, um aus meinem Leben zu verschwinden?« Sie sah ihn böse an. »Ich hatte nicht die Absicht, mich aufzudrängen, wenn der Herr nun einmal sein Interesse an mir verloren hat. Wenn du es genau wissen willst, ich hätte das für würdelos gehalten. Dein eigenes unwürdiges Verhalten reichte ja eigentlich für uns beide«, fügte sie spitz hinzu.

»Johanna, das verstehe ich nicht!«, stammelte Severin nun in äußerster Bestürzung. »Aus deinem Leben verschwunden? Ich habe dir doch dreimal geschrieben!«

»Ich habe keinen Brief bekommen«, sagte Johanna unwillig. »Nicht einen einzigen, Severin. Dass einmal ein Brief verloren gehen kann, ja, das könnte ich mir noch vorstellen. Aber dass du mir weismachen willst, drei Briefe könnten nicht an mich zugestellt worden sein, das ist hoffentlich nicht dein Ernst! Belüge mich wenigstens jetzt nicht mehr!«

»Ich lüge nicht, Johanna, es ist tatsächlich so«, rief Severin aus.

Die Frau gab keine Antwort mehr, stellte das Kind wieder zu Boden und strich über seinen Lockenkopf. Erst nach einer langen Zeit hob sie die Augen, sah aber an dem Manne vorbei und sagte langsam: »Warum ich niemandem gesagt habe, wer der Vater des Kindes ist? Du bist fortgegangen, und es sah so aus, als ob für dich das Abenteuer eben abgeschlossen sei. Ich wollte nicht, dass jemand Schlechtes über dich sagte, und darum habe ich geschwiegen. Und nun kommst du daher und wirfst mir vor, ich hätte mich mit dem halben Dorf eingelassen.« Bitterkeit übermannte sie wieder.

Severin war zumute, als drücke ihn eine Faust nieder. ›Ich hätte nicht fortgehen dürfen‹, dachte er. ›Niemals hätte ich von Johanna fortgehen dürfen, oder wenigstens gleich wieder zurückkommen müssen nach Mutters Tod. Dann wäre mir vieles erspart geblieben, auch diese bitterste der allerbittersten Stunden.‹

»Johanna«, bat er, »schick doch bitte den Kleinen weg. Solche Dinge sollte ein Kind nicht mit anhören müssen!«

Die Frau sah ihn böse an, aber dennoch schien sie einzusehen, dass es dem Jungen nicht zuzumuten war, eine solche Szene weiterhin mitzubekommen.

»Daniel, geh jetzt schon einmal hinein, es ist sowieso gleich Essenszeit. Ich komme dann nach«, sagte sie und schob den Jungen mit einem sanften Druck gegen das Tor hin.

Nachdem er außer Sichtweite war, wandte sie sich wieder Severin zu. Dieser fasste nach ihrer Hand. »Du kannst unmöglich glauben, Johanna, dass ich es nicht ehrlich mit dir gemeint habe. Es waren besondere Gründe, die mich damals nicht auf der Stelle zurückkommen ließen. Das habe ich dir ja auch alles geschrieben. Wenn du die Briefe nicht erhalten hast, Johanna, so ist das doch nicht meine Schuld. Aber du hättest trotzdem an mich glauben müssen.«

»Glauben, glauben!«, rief Johanna aufgebracht. »Was weißt du denn davon, du eingebildeter Affe, wie ich an dich geglaubt habe! Ich habe vom ersten Moment an befürchtet, dass einer wie du nur ein Abenteuer bei mir suchen kann. Und doch ... dann habe ich angefangen, dir zu glauben und dir zu vertrauen. Zum Dank hast du mich sitzen und nichts mehr von dir hören lassen.

Aber ich bin ja so eine dumme Gans und zu stolz, um den Unterhalt von dir einzuklagen und notfalls einen Vaterschaftstest zu verlangen. Hast du überhaupt eine Ahnung, wie es sich lebt, wenn man für sein Kind sorgen muss, aber gleichzeitig noch das nötige Geld zum Leben heranschaffen muss?

Statt dir die Hölle heiß zu machen, wie ich es durchaus hätte tun können, denke ich also, nun gut, wenn der Herr sich zu fein für mich ist, dann will ich mit ihm lieber auch nichts mehr zu tun haben. Und schlage mich eben durch, so gut es unter diesen Umständen geht.

Und nun treffen wir uns wieder, so lange Zeit danach, und das Erste, was ich von dir höre, ist, dass ich nicht wisse, wer der Vater meines Kindes sei. Erzähl du mir nichts vom Glauben, du Mistkerl!«

Severin nahm diese Worte nicht ohne Widerrede hin. »Was redest du denn daher, Johanna! Es hat doch alles gegen dich gesprochen, diese merkwürdige Flucht, dieses Verschwinden von der Bildfläche, ohne jede Spur zu hinterlassen. Ich musste doch annehmen, dass du mir nicht mehr begegnen wolltest, weil eben dein Gewissen nicht ganz rein war in bezug – nein, nein, ich will dich nicht ein zweites Mal beleidigen. Aber es gab gewisse Gerüchte ... ich hatte Grund zur Annahme ... ach, zum Teufel, ich hatte den Eindruck, jeder wisse davon, dass ich nicht der Einzige bei dir auf der Alm gewesen sei, und nur ich selbst sei bisher blind gewesen!

Ich sehe nun sehr wohl, dass ich der Vater deines Kindes bin, das ist ja offensichtlich. Ich habe dir Unrecht getan, und ich bitte dich von ganzem Herzen, mir das zu verzeihen! Aber du bist ungerecht, Johanna, wenn du mir vorwirfst, ich hätte nicht von mir hören lassen. Ich schwöre dir bei allem, was mir heilig ist, ich habe dir geschrieben! Drei Mal! Ich kann dir nicht sagen, wo die Briefe hingekommen sind, doch abgeschickt habe ich sie!«

Sie sah ihn immer noch zweifelnd an, doch sie schwieg jetzt. Severin fuhr fort: »Ich könnte mich dafür ohrfeigen, dass ich nicht wenigstens noch einmal kurz zurückgekommen bin, bevor ich ins Rheinland ging. Es war mein Fehler, dass ich das nicht getan habe. Aber du hättest auf mich warten müssen.«

»Ach«, sagte sie müde. »Das hat doch keinen Sinn. Wir reden aneinander vorbei. Sei doch still.«

Dabei machte sie eine wegwerfende Geste mit der Hand. Severin schüttelte den Kopf. »Nein, Johanna«, sagte er. »Ich habe mich bemüht, dich aus meinem Leben zu streichen, weil ich dachte, du hättest mich hintergangen und wolltest mir deshalb nicht mehr unter die Augen kommen. Ich sehe ein, dass ich dumm und vorschnell über dich geurteilt habe. Ich bitte dich, mir das zu verzeihen, auf Knien, wenn du darauf bestehst. Ich möchte, wenn ich es kann, alles wieder gutmachen, was ich falsch gemacht habe. Schon wegen des Jungen solltest du nun nicht vorschnell nein sagen. Glaubst du denn, Johanna, dass ich jemals aufgehört hätte, an dich zu denken? Mein bestes Kunstwerk – aber das kannst du ja nicht wissen –, habe ich geschaffen, weil ich nicht in der Lage war, mir ein anderes Gesicht als deines vorzustellen. Es hat mich endgültig berühmt gemacht.«

›Ja, ja, ich weiß‹, wollte sie sagen, aber sie nickte nur.

»Du weißt so vieles nicht«, sprach er weiter. »Als ich aus dem Rheinland wiederkam, nicht ahnend, dass ich dich nicht mehr in Bernbichl antreffen würde, da hatte ich eine Überraschung für dich. Ich kannte ja den tiefsten Wunsch deines Lebens, Johanna. Und darum hatte ich in aller Heimlichkeit den Margaretenhof gekauft. Der Sixt war der einzige, der Bescheid wusste; er hat sich in meiner Abwesenheit um den Kauf gekümmert und das Anwesen wieder hergerichtet.«

Er sah, wie sie die Farbe wechselte und unsicher wurde. »Nicht mehr der fremde junge Mensch aus der Stadt von damals steht jetzt vor dir, Johanna, sondern der Margareter. Als sie im Dorf angefangen haben, mich mit diesem Namen anzureden, da wusste ich, dass er nur ein leerer Schall sein kann, denn – Margareter kann ich erst sein mit dir und durch dich. Ohne dich bin ich nichts. Ich liebe dich, und ich habe niemals aufgehört, dich zu lieben. Auch die vermeintliche Gewissheit deiner Untreue konnte daran nichts ändern. So, nun weißt du wenigstens das Notwendigste. Und nun verdamme mich weiter, wenn du es für richtig hältst.«

Johanna hatte stumm und mit wachsener Erregung zugehört. Sie zweifelte plötzlich nicht mehr daran, dass Severin ihr die Wahrheit gesagt hatte. Ihr Herz klopfte laut, doch zu einer Antwort war sie nicht fähig. Aber als Severin seinen Arm um ihre Schultern legte, zerbrach das letzte Stäubchen Stolz, und sie wurde wieder von jener Liebe erfüllt, die sie damals empfunden hatte und die alles andere unwichtig erscheinen ließ.

Dass er an ihr gezweifelt hatte, war nur dem tückischen Spiel des Schicksals zuzuschreiben, das nie einen Brief von ihm zu ihr gelangen ließ. Oder hatte da jemand seine Hand im Spiel gehabt? Johanna erschien diese Vorstellung plötzlich sehr einleuchtend, und in ihren Gedanken tauchte plötzlich das Gesicht des Eggstätter-Lukas vor ihr auf. Doch sie hatte keine Zeit, sich weiter damit zu befassen, denn Severin sagte gerade zu ihr: »Deine Arbeit hier ist natürlich zu Ende. Wir werden morgen abreisen, alle drei.«

»Alle drei. Wie du das sagst, Severin. Was wird dein Bruder sagen?«

»Wenn er vernünftig ist, nichts.« Er fasste sie plötzlich bei den Schultern und drehte sie zu sich herum. »Ja, glaubst denn du, Johanna, dass mich irgendetwas auf der Welt noch einmal von dir trennen könnte? Nein, das ist nun endgültig vorbei. Ich will dich gar nicht fragen, was du gelitten hast in der langen Zeit. Nur eines glaube mir, es war auch für mich nicht leicht. Und darum wollen wir alle beide nicht mehr daran rühren. Ich möchte jetzt, in diesem Moment nur noch eines: Meinen Jungen möchte ich noch einmal kurz ansehen.«

»Komm«, sagte sie und nahm seine Hand.

Daniel schlief schon in seinem Kinderbett, das neben dem seiner Mutter stand.

Severin stand davor und schüttelte den Kopf. »Wo habe ich denn bloß meine Augen gehabt? Heute Nachmittag, denk dir nur, Johanna, hab ich mich schon mit ihm beschäftigt. Seine Gestalt hat mich fasziniert, und Silvia wollte mit dir sprechen, dass du die Erlaubnis erteilst, dass ich ihn modelliere.« Er musste herzlich lachen. »Na, diese Erlaubnis brauche ich ja jetzt nicht mehr einzuholen, denn der Junge gehört ja mir! Oder vielmehr: uns beiden.«

Er strich dem schlafenden Kind leise über das Gesicht, wünschte Johanna eine gute Nacht, küsste sie noch einmal und ging dann zurück ins Herrenhaus.

Im kleinen Salon war noch Licht, als Severin von der Rückseite her auf das Herrenhaus zuging. Silvia saß mit einem Buch in der Hand unter der Stehlampe, und Alexander hatte wohl dasselbe versucht, war aber dabei eingeschlafen. Sein Buch lag auf dem Boden, und die erkaltete Zigarre hing zwischen den Fingern seiner herabhängenden Hand. Als Severin die Türe hinter sich schloss, wachte er auf und rieb sich die Augen. Silvia klappte das Buch zu und schaute auf Severin.

»Ich glaube, ich bin wahrhaftig eingeschlafen«, sagte Alexander und rekelte sich aus dem Klubses-

;el. »Wo treibst du dich denn bloß herum? Wir ha-
)en bis neun Uhr mit dem Abendessen gewartet!«

»Ich will sofort nachsehen, dass man etwas
)ringt«, meinte Silvia und wollte aufstehen. Aber Severin drückte sie in den Sessel zurück.

»Bitte, bemühe dich nicht. Ich habe wirklich keinen Hunger. Ich möchte nur rauchen. Du gestattest
doch, Silvia?«

Er nahm eine Zigarette aus dem Etui, klopfte sie
auf den Handrücken und blinzelte alle beide schelmisch an.

»Kinder, was glaubt ihr, wen ich heute getroffen
habe? Also, Alexander, für deine Einladung bin ich
dir zu allergrößtem Dank verpflichtet. Wer weiß,
wie lange ich sonst noch im Dunkeln umhergetappt
wäre! Begegnet mir da heute meine Kauernde!«

»Wie? Wer ist dir begegnet?« Alexander zündete
seine Zigarre wieder an. »Deine Kauernde? Ein Ab-
guss oder?«

»Nein, das Original! Wirklich und wahrhaftig
das Original! Drüben auf deinem Gut hat sie schon
drei Jahre gearbeitet, und ich hatte keine Ahnung
davon.« Severin schaute die beiden an, um festzu-
stellen, welche Wirkung seine Entdeckung auf sie
mache. Alexander blieb völlig unberührt davon, nur
Silvia schien angestrengt nachzudenken. Dann
schaute sie auf.

»Ja, nun weiß ich es. Du brauchst mir gar nichts
weiter zu erzählen. Es muss diese Große, Blonde
sein, mit der ich noch reden wollte wegen des Jungen.«

»Brauchst du nicht mehr, meine Liebe! Ist bereits
alles erledigt!«

»Anfangs hatte ich mich ein paar Mal gefragt, an wen mich diese Frau erinnert. Ich bin nicht darauf gekommen. Jetzt weiß ich es, weil du es sagst«, sprach Silvia weiter. »Ihr gehört ja auch der Junge. Entsinnst du dich nicht, Alexander, dass ich dir einmal sagte, diese Frau erinnere mich an jemanden, und ich wüsste nicht, an wen?«

»Nein«, sagte Alexander. »Ich entsinne mich nicht, ehrlich gesagt. Mir kommen so viele Gesichter unter.« Er netzte mit der Zunge ein losgelöstes Blatt an seiner Zigarre und sah in dem Augenblick nicht gerade geistreich aus. Vielleicht hatte er in diesem Augenblick auch eine Erinnerung, konnte sie aber nicht recht unterbringen. »Aber weiter, weiter im Text.«

»Wie es weitergeht?« Severin hatte ein freches Lausbubengesicht in dem Augenblick. »Das kann ich dir haargenau erklären, verehrter Bruder. Ich habe diese Frau vor Jahren sehr geliebt, ich liebe sie heute noch so, und der Junge – ja, bitte haltet euch fest, dass ihr nicht gleich vom Stuhl fallt« – er deutete mit einer unnachahmlichen Geste an seine Brust –, »ich bin der Vater dieses Jungen! Tja – und jetzt werde ich nachholen, was unglückliche Umstände damals verhindert haben: Ich werde die Frau heiraten. Das ist alles.«

»Bravo«, sagte Silvia nach geraumer Zeit in die entstandene Stille hinein. Dann reichte sie Severin die Hand über den Tisch. »Ich freue mich.«

»Ich freue mich auch«, meinte Alexander mit einem süß-sauren Lächeln. »Aber wenn ich recht verstehe, muss ich also ab morgen zu dieser Arbeiterin dann ›liebe Schwägerin‹ sagen?«

»Du kannst auch Johanna zu ihr sagen, sie nimmt es dir sicher nicht übel. Aber Spaß beiseite. Ich heirate also demnächst und – es würde mich wirklich interessieren, wie du dich dazu stellst, Alexander.«

»Erstens, mein lieber Severin, bist du längst volljährig und brauchst mir keine Rechenschaft abzulegen, zweitens bist du finanziell unabhängig und deine Frau braucht letztlich keinen Pfennig mitzubringen, und schließlich leben wir nicht mehr im Mittelalter. Wenn du sicher bist, dass sie die Richtige ist, dann wünsche ich euch Glück.«

»Danke, das genügt mir. Als ich das letzte Mal hier war, hast du zwar ganz anders gesprochen, aber es freut mich aufrichtig, dass du es heute nicht tust. Vielleicht erzähle ich euch morgen die Zusammenhänge ausführlicher, aber für heute wollen wir uns nun schlafen legen.«

Er reichte beiden die Hand und ging ins obere Stockwerk.

Alexander wusste nicht recht: Sollte er lachen, oder sollte er sich ärgern? Das Erstere gewann schließlich die Oberhand.

»Also, dieser Severin – ist er nicht unglaublich? Er stellt uns da einfach vor vollendete Tatsachen. Liebe Leute, ich heirate eine Arbeiterin von eurem Gut. Sie hat übrigens ein Kind von mir!«

Silvia strich ihm übers Haar und setzte sich dabei auf die Lehne seines Sessels. »Nun, gar so komisch ist es ja eigentlich nicht. Kannst du denn nicht zwei und zwei zusammenzählen? Er sagt, er wollte sie damals heiraten. Und sie hat drei Jahre lang ein Kind alleine durchbringen müssen. Das klingt mir mehr nach Schicksalsschlägen als nach einer Komödie. Jedenfalls, ich kann es kaum erwarten, von Severin mehr darüber zu erfahren. Und außerdem, mir imponiert es, dass er so geradeheraus sagt: Ich habe einen Sohn, von dem ich nichts gewusst habe, und dessen Mutter will ich jetzt heiraten. Auf alle Fälle müssen wir sie einmal näher kennen lernen, bevor wir uns überhaupt ein Urteil über sie erlauben.«

Alexander wurde so frischfröhlich ironisch, wie es Silvia an ihm bisher noch gar nicht erlebt hatte. »Ich werde also morgen früh Visite machen drüben im Gutshof. Küss die Hand, verehrte Schwägerin, hoffe, angenehm geruht zu haben und so.«

»Aber, Alexander, ich glaube, du siehst die Sache viel zu kompliziert. Soweit ich diese Johanna kenne, ist sie ein einfacher und geradliniger Mensch. Severin weiß schon, was er will.«

»Ja, das scheint mir auch der Fall zu sein. Trotzdem, ich bin riesig gespannt auf morgen.«

Alexander Lienhart blieb aber weiterhin gespannt, denn er musste schon frühzeitig am anderen Morgen zur Bank, und als er am Abend heimkam, war Severin mit Johanna Kainz und dem Jungen bereits abgereist.

Auf dem Eggstätterhof war die Überraschung nicht minder groß, als Severin kam und das Aufgebot beim Bürgermeister bestellte.

War denn das zu fassen? Warum hatte man nie davon auch nur geahnt? Aber es war nicht zu leugnen, dieser Daniel war dem Margareter wie aus dem Gesicht geschnitten. Du meine Güte, was für eine Wendung des Schicksals für Johanna! Kam sie doch nun wieder als Bäuerin da hin, wo ihr Vater es einst ein wenig leichtfertig aufgegeben hatte, Bauer zu sein. Wie sonderbar alles zuging auf der Welt!

Aber zu der Überraschung kam auch gleich wieder eine Enttäuschung, denn es gab keine Hochzeit, bei der es etwas zu gaffen und zu bekritteln gegeben hätte. Das wäre nicht nach dem Sinn der beiden gewesen. In aller Stille ließen sie sich an einem gewöhnlichen Wochentag nach der Frühmesse trauen, und danach nahmen sie einander bei der Hand und gingen bergwärts, suchten alle lieben, vertrauten Plätze auf und hatten sich viel zu erzählen über die vergangenen Jahre, die sie getrennt voneinander verbracht hatten.

An einem Sommermorgen, als Severin gemeinsam mit Anderl zur Jagd aufgebrochen war, ging Johanna aus dem Hof über den Hügel hinter der Kapelle, dann am Wiesenrain entlang.

In diese Richtung hatte sie vor einer Viertelstunde den Eggstätter-Lukas mit dem Traktor fahren sehen. Er stand gerade neben seinem Traktor und hantierte am Motor herum, und als er sich aufrichtete, stand wie aus dem Boden gewachsen die Margareterin vor ihm.

Fast vier Jahre waren vergangen, seit sie ihn zuletzt gesehen hatte. Die kurze Zeit, die sie noch am Hof gewesen war, hatten sie kaum ein Wort miteinander gesprochen, und auch jetzt waren sie sich, trotz der Nachbarschaft, nie begegnet, weil es der Lukas immer verstanden hatte, ihr aus dem Wege zu gehen.

Bei dem unerwarteten Anblick Johannas wechselte er die Farbe. Das verstärkte ihren Verdacht noch mehr. Weil es nicht ihre Art war, an einer Sache spitzfindig vorbeizureden, sagte sie geradewegs: »Ich will dich nur fragen, Lukas, wie das damals mit den Briefen war.«

»Was soll denn ich von irgendwelchen Briefen wissen?«, fragte er mürrisch, doch das Erschrecken in seinem Blick war für Johanna unübersehbar.

»Die Briefe, die an mich gerichtet waren und die du unterschlagen hast!«

Sein Kinn schob sich trotzig vor, und er schlug nach einer Bremse, die sich auf seinem nackten Arm niedergelassen hatte.

»Drei Stück waren es«, sprach die Johanna ruhig, aber mit unheimlicher Hartnäckigkeit weiter. »Drei Briefe von Severin, meinem Mann, an mich.«

»Lass mich doch mit diesen dämlichen Briefen in Ruhe! Was weiß denn ich davon? Oder soll ich was dafür können, wenn bei der Post geschlampt wird?«

»Es kann einmal ein Brief verloren gehen, Eggstätter-Lukas. Aber nicht drei hintereinander. Ich kann es nicht beweisen, aber ich bin mir sicher, dass du sie unterschlagen hast, aus Hass, aus Wut, was weiß ich. Mir liegt aber sehr viel daran, es von dir selbst zu hören.«

Der Lukas verzog den Mund zu einem spöttischen Grinsen, ging ohne ein Wort an ihr vorbei und setzte sich auf den Traktor.

Da klemmten sich ihre Augen schmal zusammen. Ihr Nacken steifte sich.

»Eggstätter«, sagte sie jetzt trocken. »Es ist einmal ein unschuldiger Mensch in die Klamm gestürzt. Den hast du auf dem Gewissen, da bin ich sicher.

Ich hätte dich damals bei der Polizei anzeigen sollen. Aber ich dachte, man würde mir ohnehin nicht glauben, und außerdem habe ich mich geschämt, vor der Polizei den Grund für meinen Verdacht schildern zu müssen. Doch vielleicht sollte ich es jetzt nachholen? Außerdem, es muss ja nicht die Polizei sein, der ich davon erzähle. Vielleicht gehe ich ja lieber zu deinem Vater.«

Sein Gesicht verlor plötzlich alle Farbe. Sie sah, dass seine Hände zitterten.

»Was – willst du?«, zischte er.

»Du sollst nur zugeben, dass du meine Briefe gestohlen hast.«

»Gestohlen, gestohlen! Was heißt gestohlen? Der Postbote hat sie mir gegeben, weil ich gerade da war. Ich hab sie dir nicht geben wollen, weil du – weil ...«

»Mehr wollte ich nicht wissen«, unterbrach sie ihn. »Und das andere, Lukas, das musst du mit unserm Herrgott ausmachen. Wie du mit dem fertig wirst, ist deine Sache.«

Johanna wandte sich ab und ging denselben Weg zurück. Als sie vom Rücken des Osterberges noch einmal zurückschaute, saß der Lukas immer noch unbeweglich auf seinem Traktor.

Lukas blieb somit zunächst unbehelligt für seine schändliche Tat, doch es brachte ihm kein Glück. Es war, als hätte das Schicksal mit dem Zuschlagen gewartet, bis die Eggstätterleute starben, damit ihnen die Schande erspart bliebe.

Lukas hatte noch zu Lebzeiten seiner Eltern geheiratet. Doch die Ehe war nicht glücklich, obwohl er innerhalb weniger Jahre der Vater von drei Kindern wurde, denn er ließ seinen Jähzorn an seiner Frau aus, schlug sie und die Kinder und machte ihnen das Leben zur Hölle. Eines Tages kam er vom Feld, und die Frau war mit den Kindern verschwunden. Er versuchte, sie wieder aufzuspüren, doch es war vergeblich. Er fand nie heraus, wohin sie vor ihm geflüchtet waren.

Sinnlos liefen nun seine Tage dahin, sein Leben fand nirgends mehr Inhalt. Er saß immer öfter drunten im Wirtshaus und verlor auf diese Weise neben seinem guten Geld Stück für Stück alles Ansehen im Dorf. Solange er noch Geld zum Ausgeben hatte, war es für ihn noch nicht so offensichtlich spürbar. Die Kleinhäusler und Arbeiter hielten noch zu ihm, als die andern sich von ihm abzuwenden begannen, so lange man damit rechnen konnte, dass er sie freihielt. Dann aber rückten auch sie von ihm weg, und er saß dann allein, sprach für sich allein in den Tisch hinein, wenn er das Bierglas umklammert hielt, und bellte nur zuweilen zu den anderen hinüber wie ein Hund, den man ausgesperrt hatte. In solchen Stunden richtete sich sein Zorn dann auf die droben am Osterberg.

Als er dann eines Tages weder beim Lammwirt noch beim »Goldenen Ross« mehr anschreiben lassen konnte, weil man ja nicht wusste, ob er noch in der Lage sein würde, zu bezahlen, war der Tag schon absehbar, an dem der Eggstätterhof zwangsversteigert werden sollte.

Der Sixt ersteigerte ihn dann für einen seiner beiden Söhne. Und der Margareter half ihm mit einem Darlehen für die Bezahlung aus. Er konnte das leichten Herzens tun, denn er war begütert wie kaum ein anderer in diesem Tal. Und schließlich hatte er dem Sixt so manches zu verdanken.

Der Eggstätter-Lukas aber verschwand dann aus der Gegend. Ob es dann seine Richtigkeit mit dem hatte, was man sich im darauffolgenden Frühjahr erzählte, dass man nämlich im Gebirge irgendwo einen Menschen erfroren aufgefunden habe, einen Mann mit rötlich schimmerndem Kinnbart und einer Narbe über dem Auge, das wusste niemand endgültig zu erfahren. Fest aber stand, dass der Eggstätter-Lukas von dieser Zeit an verschollen blieb und nie mehr jemand etwas von ihm hörte.

Auf dem Margaretenhof aber blühte das Leben. Die Jahre brachten, was sie zu bringen hatten. Dass der Margareter statt zu säen und zu ernten meist in seinem Atelier stand und an Steinblöcken herumklopfte, tat seinem Ansehen im Dorf keinen Abbruch. Konnte man nicht stolz darauf sein, einen berühmten Künstler in seiner Mitte zu haben, der mit ihnen allen von gleich zu gleich verkehrte?

Der laute Atem der fernen Welt drang kaum mehr herauf zu dieser Höhe. Nur wenn Alexander kam mit seiner Frau, dann wehte etwas von dieser größeren Welt herein. Es geschah zwar nur ein- oder zweimal im Jahr, dass sie kamen, aber die Freundschaft der beiden ungleichen Brüder ruhte nun auf einem festen Grund.

Und so vergingen die Jahre. Die beiden Menschen auf dem Osterberg lebten ein glückliches und zufriedenes Leben; zwei weitere Kinder bekamen sie noch, einen Jungen und ein Mädchen.

Die Kinder wuchsen heran, aber keinem von ihnen wurde der künstlerische Funke des Vaters ver-

223

erbt. Vielleicht würde später irgendein Enkel oder gar noch späterer Nachkomme wieder dieses Talent und diesen Drang zum Gestalten in sich fühlen. Vielleicht würde es auch wieder ganz erlöschen. Der Margareter bedauerte diesen Gedanken nicht, denn waren nicht alle drei Kinder wohlgeraten und mit anderen Fähigkeiten als den seinen begabt?

Es herrschte Zufriedenheit in seinem Haus, und Gott schien schützend seine Hand darüber zu halten. Darauf ließ sich die Zukunft seiner Familie begründen.